AF573440

La Reina contra el As

Fernando Carcagno

EDIQUID

LA REINA CONTRA EL AS

Editado por: Corporación Ígneo, S.A.C.
para su sello editorial Ediquid
José Olaya 169, Ofic. 504, Miraflores. Lima, Perú
Primera edición, agosto, 2024

ISBN: 978-612-5160-29-4
Tiraje: 50 ejemplares

Hecho el Depósito Legal
en la Biblioteca Nacional del Perú N° 2024-07635
Se terminó de imprimir en agosto del 2024 en:
ALEPH IMPRESIONES SRL
Jr. Risso Nro. 580 Lince, Lima

www.grupoigneo.com
contacto@grupoigneo.com | Teléfono: +51 955 071 270
Facebook: Grupo Ígneo | X: @editorialigneo | Instagram: @grupoigneo

Colección: Nuevas Voces

Contenido

Quiero agradecer al amor inefable de Dios,
sin el cual esta obra no existiría ni yo tampoco.
Es quien mostró un escenario, puso a los mensajeros
y maestros que moldearon mi mente
para poder exponer este relato.

Siendo el amor su único lenguaje.

Prólogo

Tengo en mis manos la novela *La Reina contra el As*, del joven escritor Fernando Carcagno, un libro de claro estilo realista, costumbrista y que recoge con fidelidad y con minuciosidad aspectos importantes de la vida familiar ocurridos en el departamento de Moquegua (Perú).

Esta novela tiene una característica esencial: describir con mucha precisión y énfasis a los personajes en el aspecto psicológico que determina su carácter, su personalidad y su manera de ser en el contexto futuro. Muchos sabemos ahora que el ser humano tiene características guardadas dentro de sí, que no es otra cosa que la acumulación de todos los acontecimientos sucedidos a lo largo de su existencia y que se dan a conocer a través de reacciones en los momentos menos esperados. Aquellos primeros años de la infancia en especial quedan grabados a profundidad en el subconsciente, así como todas aquellas impresiones vividas en el diario venir, alegrías, tristezas, éxitos y fracasos, aciertos y equivocaciones, y todas ellas conllevan consecuencias en el futuro, en un entorno más cercano a la vida familiar.

Esta novela recoge con precisión y exactitud los avatares de una familia afincada en un principio en un pueblecito llamado Omate que luego se traslada a Moquegua. La trama de por sí es interesante. Es aquel episodio en el que un patrón, dueño de una hacienda, se aprovecha de forma sexual de su trabajadora y abusa de los sentimientos de menores que vienen a trabajar o servir en su vivienda, para luego quedar embarazadas o con traumas recurrentes a lo largo de su vida. Esa historia no es nueva, pero lo que ocurre después deja una huella profunda en la personalidad de todos los descendientes que desfilan a lo largo de su historia. Estos personajes son poseedores de una manera propia de ser y además tienen que alterar su conducta ante el poder de los más fuertes. Sin duda, todos ellos quedan muy heridos y, en algunos casos, bastante resentidos por una especie de tragedia que tal vez se ha de manifestar en sus vidas.

A través de la novela *La Reina contra el As*, Fernando Carcagno se vislumbra como un escritor de pluma fina y clara, de gran asertividad y, sobre todo, con una manera muy peculiar de escribir los hechos absorbidos con fidelidad, inclusive aquellos ligados a la vida sexual de algunos personajes, pero lo hace con profundo respeto, sin que en ningún momento aparezca morbosidad o recreación inútil que pueda producir cierto resquemor o pacatería en las personas, en especial en la época en que la obra está ambientada.

Fernando describe los acontecimientos con verdad y realismo en una época caracterizada por un cierto conservadurismo y exagerado afán de aparentar lo que no se es, y también en la que la religión se reviste de profundos prejuicios y falsas concepciones de culpabilidad.

En el presente prólogo no voy a detenerme a describir el argumento, esa es tarea de los lectores. Con el debido interés, cada uno podrá interpretarlo según su manera de ser y pensar.

En la novela *La Reina contra el As* existen tres aspectos fundamentales a resaltar: el buen manejo del idioma; la adecuada ambientación de la realidad social que rodea cada hecho, siendo una descripción bastante realista y pormenorizada de los lugares y personajes, y, como último aspecto esencial, la muy buena caracterización psicológica, acorde con la sinceridad de los hechos.

Felicito a Fernando Carcagno por este logro literario. Esperemos que no sea el primero ni el último.

Arely Araoz
Periodista

Introducción

Es muy delicado iniciar un relato atribuyendo personalidades a gente real. Los hechos que sucedieron solo pertenecerán a la memoria de sus participantes. Atreverse a contar una historia siempre estará sujeto a una apreciación subjetiva de aquel que la cuenta. Para llenar los silencios, es necesario incurrir en ficciones que, desde su perspectiva, tuvieron la probabilidad de suceder.

Por otro lado, atribuir nombres y lugares reales solo serviría para generar posibles incomodidades que dividirían a los aludidos. Esto podría provocar polarización de familias y despertar suspicacias que derivarían, inclusive, en sentimientos de perjuicio. De ninguna manera el relato que viene a continuación pretende lastimar a nadie ni poner en el patíbulo a ningún personaje para juzgar su comportamiento. Es evidente que los actores de la vida forman parte de un contexto mucho más amplio, y es después de mucho tiempo que se razona y aprecia. No hay héroes ni villanos, solo actores, en este gran teatro llamado vida.

Organizar estas ideas permite desahogar una melancolía constante que cura el alma. Es un relato de ficción salpicado con trocitos de realidad, y ¿quién sabe si esto mismo no forma parte de tu historia? Porque como bien dice la frase: «todo está conectado». Si te resuena este relato, tal vez tengas algo de participación en el mismo. Para algunos dirá una cosa y tendrá un significado diferente que para otros, como lo tiene para mí.

¿Pueden existir secretos que se lleva uno a la tumba? Antes se pensaba que sí, pero luego de muchos análisis y observaciones podemos llegar a conclusiones que contradicen ese tipo de apreciaciones.

Se suelen tener personalidades condicionadas por comportamientos pasados. Ojo, con esto no intento culpar de todo lo que nos pueda ocurrir, hablando en el ámbito emocional, a los personajes pasados. Más bien, me refiero a comenzar a vivir nuestra propia vida sacando a flote aquellas historias que parecían quedar en el olvido y, tras descubrir esas sombras que atormentaban nuestra consciencia, trascenderlas sin juzgarlas, comprendiendo desde una madurez emocional aquellas motivaciones que guiaron los pasos de aquellos partícipes de nuestra existencia, y también estando conscientes de que si algo hubiera sucedido de distinta manera, hoy no estaríamos acá.

No pierdo tiempo en cuidarme.
La vida es bello peligro.
Del peligro del amor
mi madre tuvo siete hijos.
Si ella se hubiese cuidado
de mi padre y su fervor,
a la reunión de esta noche
le faltaría un cantor
Facundo Cabral

I

El nacimiento

Fue una historia por poco olvidada. Aquella hija no pudo conocer a su padre. Aquella abuela despreció a los hombres. Solo la curiosidad podría desempañar una existencia que tuvo un paso muy breve, pero que trajo como consecuencia, gracias al amor y el coraje, vidas dignas en un clan familiar que sobrevivió a todas las tormentas.

—Cuéntame, por favor —insistió Fátima—. Me lo prometiste. ¿Por qué te veo ahora sola y viuda, solo con mis tíos y algunos amigos? ¿Qué fue de mi papá, de mis otros abuelos y tíos? ¿Qué pasó?

—Siéntate, hija. Trataré de acordarme.

La septuagenaria Norma estaba junto a su hija, intentando recordar.

❧

En la segunda cuadra de la calle Álvarez Thomas había una casa tradicional arequipeña, revestida de sillar, como era típico en su ciudad, y de dos plantas. Una reluciente puerta tallada la diferenciaba del resto. Allí vivían los Torres Bustamante, vecinos notables y apreciados. Don Facundo y doña Gumersinda guardaban todas las costumbres y rituales de las familias importantes de la ciudad blanca. Tenían dos hijos, Flora y Juan Facundo, criados bajo la estricta disciplina de la época. Contaban con sirvientes y una excelente cocinera que les daba ese aire de importancia frente a sus amistades y vecinos.

Juan Facundo, el hijo menor, acababa de cumplir diecinueve años. Tenía una tez clara, ojos achinados y cabello castaño. Sus hormonas y pensamientos bullían en su mente, pero su carácter, demasiado tímido, le impedía establecer cualquier tipo de relación con las jóvenes que su madre aprobaba.

Una de las sirvientas que había llegado desde Pedregal se llamaba Petra. Con tan solo dieciséis años, era una joven muy agraciada. Tenía un rostro redondo, mejillas rosadas y ojos y cabello negros. Petra notó la especial atención que Facundo le dedicaba, pues siempre se quedaba mirándola. La oportunidad se presentó cuando los padres de Facundo realizaron un viaje, lo que permitió que Facundo y Petra se acercaran aún más y dieran rienda suelta a la libido propia de su edad. Tanto para él como para ella, fue el inicio de su vida íntima. Estaban aprendiendo aquellas cosas que no se permitían hablar ni contar.

Pasadas algunas semanas de encuentros ocultos, coqueteos y manoseadas, Petra comenzó a sentirse mal. Su período menstrual no llegaba, y según lo que sus tías le habían contado, eso solo podía significar una cosa. Esperó con ansias la tarde del sábado, el día en que los padres de Facundo asistían a su típica reunión del club. Se encontraba sentada en una silla de la cocina, consciente de que Facundo bajaría en cualquier momento. Los nervios la hacían sudar, y entonces escuchó a alguien bajar las escaleras. Era él.

Apenas lo vio ingresar, sin saber cómo empezar la conversación, soltó las palabras que llegaron a su boca en ese momento:

—¡Estoy embarazada, joven Facundo! —le dijo Petra preocupada, mirándolo con miedo—. Nunca pensé que podrían pasarnos estas cosas, pero sabe que yo lo quiero mucho.

Impresionado por la noticia, Facundo se quedó sin palabras por un momento, tratando de procesar lo que acababa de escuchar. Luego, le respondió con enojo

—¿Qué? ¿De qué demonios me estás hablando? Yo pensaba que sabías lo que hacías, no te hagas la inocente conmigo. Si mis padres se enteran de esto, me matan. Creo que lo mejor será que te vayas de esta casa.

Ella no terminaba de comprender que las relaciones que habían mantenido y disfrutado tuvieran como consecuencia natural la concepción de un nuevo ser. Él se sentía confundido y no sabía qué más decir. Nunca había pensado en actuar de forma tan canalla con nadie, mucho menos con Petra.

Con lágrimas en los ojos, Petra respondió en un tono entrecortado y tembloroso:

—¿Y adónde iré ahora? Mi familia, usted sabe, viene de muy lejos y no me aceptará con esta situación. Ellos son pobres, ese fue el motivo principal por el que me enviaron aquí. ¿Qué voy a hacer? —preguntó. No pudo contener el llanto, sentía que su mundo se iba abajo.

—No lo sé —respondió él, aún airado—. Ve y búscate un trabajo fuera de esta casa. Yo veré de qué manera puedo apoyarte, ya sea que decidas tener o no a tu wawa —agregó en un tono más compasivo. Por un momento, pasó por su mente la idea de alejar a Petra de su vida y la de su familia, desentendiéndose por completo de su responsabilidad.

Petra no podía creer lo que estaba escuchando. Después de todas las palabras bonitas que Facundo le había dedicado para conquistarla y seducirla, su respuesta la dejó desconcertada.

—¿Tiene idea de lo que me está diciendo? Ni por un momento me imaginé que pudiera considerar perder a mi wawa. Usted sabe que es fruto del amor que le tengo, Facundo. Creo que lo mejor será que de verdad me vaya —concluyó.

Facundo, experimentando un profundo sentimiento de culpa por sus palabras, intentó calmar el llanto de Petra:

—También siento cariño por ti, Petra, pero no puedo enfrentarme a mis padres. Sabes cómo son las cosas aquí en Arequipa: perdonan el pecado, pero no el escándalo. Investigaré dónde podrías trabajar, así que no te preocupes. Mientras tanto, nadie más debe enterarse de esto.

Pasó la tarde y los padres de Facundo regresaron a casa. Petra preparó sus pocas pertenencias para irse de la casa de los Torres Bustamante, pero se preguntaba adónde iría. Recordó que la madre de Facundo le había presentado a una pariente de la familia muy buena llamada Dolores Torres que vivía en la zona de Mercaderes, en la misma ciudad. Dolores tenía un pequeño departamento con dos cuartos pequeños. Uno de ellos se encontraba vacío desde que su último hijo se mudó a Moquegua. Con la esperanza de encontrar alojamiento temporal y apoyo en la ciudad, Petra se acercó a ella y le explicó su situación. Con amabilidad, Dolores aceptó recibir a Petra en su hogar y también pensó que podría ayudarla en su trabajo en la pensión en la que ella misma trabajaba.

Una vez que comenzaron a trabajar juntas, se dieron cuenta de que ambas tenían un talento excepcional para cocinar. Pasadas algunas semanas, los clientes de la pensión elogiaron sus comidas al notar el delicioso sabor y sazón que lograban en cada plato. Cuando Petra y Dolores se unían en la cocina para preparar algo especial, desplegaban todo su conocimiento culinario como auténticas arequipeñas, aprovechando al máximo los limitados ingredientes que don Pancho, el dueño del lugar, podía conseguir.

Pasaron los siguientes meses de gestación y Petra no recibió más noticias de Facundo. Parecía que él se había desentendido por completo de la situación. Un día, cuando Petra intentó abordarlo en la calle cerca de su casa para conversar, él la rechazó con ira y llegó incluso a amenazar con golpearla si le seguía incomodando. Con ello, hasta podría evitar el nacimiento del bebé.

A pesar de todo, Petra logró llevar su embarazo en secreto, con reserva y precaución, de modo que nadie notara su aumento de peso. Sin embargo, llegó un momento en el que la evidencia era demasiada, al menos para doña Dolores, con quien vivía. Cuando tuvieron una conversación sincera, ambas lloraron por la difícil situación. Dolores decidió apoyar a Petra para evitar mayores complicaciones, en especial tras considerar la identidad del padre del bebé. Por tal motivo, decidió enviar a Petra a Moquegua, donde vivían ahora sus dos hijos, Armando y Federico, así como la hija de su hermana María, llamada Margarita. Dolores mantenía una relación formal con Ignacio Castelo, un destacado ciudadano arequipeño, y su hermana María era viuda de don Eusebio Prado, con quien solo tuvo una hija.

Antes del nacimiento de su bebé, Petra encontró apoyo y consuelo en el hogar de doña Dolores. Las pláticas profundas entre ellas fortalecieron su vínculo que ahora era familiar en medio de tanta incertidumbre. Petra quería dar a luz en un entorno seguro y amoroso, pero estando en Arequipa sabía que eso no sería posible, dudó y sufrió mucho antes de emprender aquel largo viaje. Llegado el momento, decidida y animada por Dolores, realizó aquella agotadora travesía, mientras las preocupaciones sobre el parto y el futuro atormentaban a Dolores y a sus hijos, que ya habían sido avisados.

Al final, cuando Petra llegó a Moquegua, nadie la esperaba allí. Recordando las instrucciones de Dolores que con cariño la aceptó y se emparentó con ella como su tía, buscó un medio de transporte hacia la hacienda donde vivían los hijos de esta, en San Cristóbal. Llena de polvo y muy agotada, encontró su destino y fue recibida con cortesía, pero con preocupación, por Armando y Federico, quienes le proporcionaron un cuarto donde quedarse. Además, la presentaron a la partera del pueblo para el inminente nacimiento de su bebé.

El 7 de agosto de 1924, en la hacienda Pampa Huata del distrito de San Cristóbal, nació Esteban, un bebé lampiño, de tez blanca y ojos achinados, al igual que su padre. Apenas unos mechones de cabello cubrían su cabecita.

Petra estaba agotada después de tanto esfuerzo durante el parto. Agarrando el brazo de Simona, la partera, le pidió que le mostrara a su bebé. Enseguida, Simona envolvió a Esteban en una suave sábana y se lo entregó a su madre.

—Ahora somos tú y yo —le susurró al bebé con voz suave y baja.

Poco después, el pequeño Esteban comenzó a llorar de hambre, buscando su primer bocado de leche. De forma instintiva, Petra tomó su pecho y lo acercó a la boca de su hijo para calmar su llanto.

Sus ahora parientes, Armando, Federico y Margarita, se encontraban afuera, deliberando sobre el destino que debían tener Petra y el bebé. Conocían la dureza de la vida en el campo, pero valoraban a profundidad los lazos de sangre que ahora los unían. Mientras no tuvieran claro qué camino tomar, decidieron que Petra siguiera viviendo con ellos hasta que tomaran una decisión sobre el futuro de sus vidas.

Al enterarse de que el bebé ya había nacido, corrieron al cuarto en el que Petra se encontraba descansando después del parto. Estaban ansiosos por conocer a su sobrino o sobrina. Al acercarse, quedaron maravillados con la mirada alegre que se reflejaba en el rostro de Esteban. Petra, en su sueño, tenía una sonrisa en el rostro. Federico y Armando comenzaron a conversar en voz alta.

—Silencio, chicos —les dijo Margarita a sus primos en un susurro—. Van a despertarla.

La dulzura en el rostro del bebé tenía por completo encantados a sus tres tíos. A pesar de que tenían trabajo por hacer, no querían moverse de allí.

¿Quién puede atreverse a decidir el destino de un niño, si debe nacer o no? No haremos mayores comentarios sobre lo difícil que pudo ser llevar un embarazo de treinta y nueve semanas, incluyendo un viaje de más de dos días con fluctuaciones en los niveles de oxígeno. Una historia comienza. ¿Fue una casualidad? Cada detalle de lo sucedido marcaría la personalidad de un ser que comenzaría su vida en soledad, ¿o su gestación y herencia ya habían definido parte de su futuro? ¿Qué sucedería con esta «nueva vida»?

Estas preguntas quedaban en el aire, llenas de incertidumbre y reflexión. La vida de Esteban, el recién nacido, era un misterio por descubrir. No se podía predecir cómo influirían su pasado y su presente en su camino.

La llegada de un vasco al puerto de Islay en el siglo XIX podría haber supuesto el inicio de esta historia. Sus amoríos con una campesina local, cuyo fruto fue una niña llamada Petronila, a quien de cariño llamaban «Petra», podría ser el punto de partida de esta trama. La incertidumbre que rodeaba el devenir de todos los acontecimientos dejó un sabor amargo en Petra, sobre todo después de dar a luz, lo que afectó de forma significativa su salud.

Los días posteriores al parto, Margarita notó un excesivo decaimiento en Petra. Intentó tranquilizarla, asegurándole que todo estaría bien, pero a medida que pasaron los días sin ver mejoras en ella, su preocupación aumentó. Poco tiempo después, Petra empeoró de manera considerable. Sentía hinchazón en las piernas y dificultad para respirar, lo que se sumaba a su depresión posparto y a la falta de atención médica. Con ello, quedó indefensa y cada vez más debilitada.

—Estoy muy cansada —logró decir con gran esfuerzo, y sin poder resistir más, exhaló un último aliento.

—¡Dios, por favor, no! ¡Que alguien nos ayude, por favor! —gritó Margarita, desesperada.

El pequeño Esteban, sintiendo la tristeza y el caos del momento, comenzó a llorar, ajeno a la realidad que lo rodeaba.

II
Padres sustitutos

Tras el fallecimiento de Petra, el futuro del pequeño Esteban se volvió incierto. Sus tíos, aunque sentían tristeza por lo sucedido, no se veían capaces de asumir la responsabilidad de su cuidado y crianza, a pesar de todo el cariño que podían sentir por él. Después de una larga conversación, al final llegaron a un acuerdo.

Habían terminado de almorzar, y en ese momento, Federico elevó su voz, golpeando la mesa a la que estaban sentados.

—¡Está decidido! —exclamó con vehemencia—. Ninguno de nosotros asumirá la responsabilidad de criar a ese niño. Debo ser egoísta en este caso, no puedo sacrificar mis propios planes de formar una familia como todos los demás.

—Está bien, pues. Entonces ¿ahora qué vamos a hacer? —preguntó Margarita, preocupada—. No podemos dejarlo con religiosos, la vida para los niños es muy difícil allí, o peor aún, abandonarlo a su suerte por aquí.

La franqueza con la que Federico abordó el tema impresionó a su prima. Recordaron que habían vivido varios años en Moquegua y conocían a mucha gente de la zona. Por coincidencia, durante esos difíciles días del nacimiento de Esteban y la partida de su pobre madre, una señora llamada Clotilde los había visitado. Clotilde no podía tener hijos y les brindó apoyo en aquellos momentos difíciles.

Armando escuchaba con atención y asentía con la cabeza mientras Margarita y Federico discutían la situación. Luego, con un comentario breve, intentó mostrarles una alternativa.

—¿Te has dado cuenta, Margarita, de que tu amiga Clotilde ha estado buscando cualquier excusa para venir a ver al pequeño desde que nació? —mencionó Armando—. Lo adora.

—Claro, ¿y quién no? ¡Es una criatura tan linda! Además, ella no pudo tener hijos —respondió Margarita.

Armando, como hermano mayor, tomó la palabra. Les hizo reflexionar sobre las dificultades que la familia había enfrentado en su afán por salir adelante, aquellos sacrificios que sus padres habían hecho y las razones de haberse trasladado allí. Ahora se enfrentaban a una preocupación insoportable: Petra, con quien esperaban sobrellevar la situación, había fallecido después del parto, dejando a su cuidado a un recién nacido.

—Este ha sido un momento muy difícil para todos nosotros —dijo Armando con voz sincera—. Sabemos muy bien los sacrificios que nuestra familia ha hecho para salir adelante. Ahora, ante esta situación del todo inesperada, creo que es momento de que empecemos a entendernos. He escuchado sus preocupaciones y veo que ninguno de nosotros está dispuesto a quedarse con Esteban a tiempo completo —apuntó, e hizo una breve pausa antes de continuar—: ¿Qué les parece si consideramos la opción de confiar en Clotilde para que se encargue de él? Seríamos los tíos del pequeño y podríamos visitarlo de forma periódica. De esta manera, Esteban estaría bajo el cuidado de alguien que de verdad lo adora y nosotros podríamos seguir siendo parte de su vida de una manera significativa.

—Un momento, ¿y nosotros no podemos hacer nada? —preguntó Margarita—. Clotilde estuvo aquí y entendimos su situación, pero ella no tuvo ninguna relación con su madre y ni siquiera es pariente de nosotros. Además, Esteban ya lleva nuestro apellido y el de su madre —expresó su preocupación, cuestionando si debían considerar otras opciones antes de confiar en Clotilde por completo. Planteó la importancia del vínculo familiar y el apellido compartido como razones para explorar alternativas que involucraran a la familia de modo más directo.

En respuesta a las preocupaciones planteadas por Margarita, Federico mencionó un hecho importante:

—Para evitar complicaciones legales, me encargué de registrar el nacimiento de Esteban en la municipalidad de Carumas indicando los datos reales de sus padres. Esto nos coloca como parientes directos suyos —explicó—. No veo ningún problema en seguir siendo sus tíos —agregó—. Podemos decirle más adelante que su madre se fue de viaje. Considero que es lo mejor en esta situación. Además, cada uno de nosotros estará formando sus propias familias o trabajando en ello, ¿verdad?

Federico sugirió conservar el vínculo familiar y mantener la idea de que eran los tíos de Esteban mientras buscaban la mejor solución para su cuidado y bienestar.

—Bueno, creo que estamos de acuerdo —concluyó Margarita—. Me encargaré de transmitirle el mensaje a Cloti, pero le dejaré claro que esta decisión fue tomada por los tres. Espero encontrarla en su casa para hablar con ella sobre el cuidado de Esteban.

Margarita se ofreció a comunicarle a Clotilde la decisión acordada, asegurándose de que la comprensión de la situación fuese mutua y de que estuvieran alineados en cuanto al futuro cuidado de Esteban.

Así procedieron. Entre lágrimas y risas, habían encontrado una madre para el pequeño Esteban, quien aceptó su llegada como un regalo del cielo. Clotilde amaba a Esteban como si fuera su verdadera madre, y el pequeño aprendió a llamarla «mamá» con el tiempo, lo que llenó de alegría su corazón. Por otro lado, Braulio, su pareja, no sentía lo mismo. Para él, era incómodo compartir el amor de su esposa con un niño que no era su hijo biológico.

A pesar de algunas diferencias, Clotilde y Braulio habían decidido unirse en Servinacuy y luego formalizar su unión casándose en la parroquia de Carumas. Ya llevaban cinco años juntos. Braulio, un campesino fornido y trabajador, tenía un gran ímpetu, y, de una u otra forma, se convirtió en una figura paterna para Esteban. El pequeño también aprendió a llamarlo «papay», lo que fortaleció los lazos familiares en el hogar.

A pesar de que era un niño delgado, Esteban se dedicó al arduo trabajo del campo. Aprender a aporcar, sembrar, trillar y demás labores se convirtió en su día a día. Se convirtió en el brazo derecho de Braulio, aunque este no quisiera reconocerlo. Fue creciendo. A los trece años, Esteban realizaba trabajos tanto en la tierra de sus padres adoptivos como en los campos de los hacendados que los contrataban.

Si bien Esteban se desempeñaba de manera excelente en el trabajo físico tan demandado en los campos del valle, también notaba que, si evitaba los intermediarios en la venta de las cosechas, podrían obtener un margen de ganancia mucho mayor. Sin embargo, era solo un muchacho y sabía que tendría que esperar, ya que a Braulio no le interesaba cambiar sus rutinas. «Confórmate con lo que Dios nos ha encomendado», solía decir Braulio; pero Esteban le respondía con determinación: «Papá, Dios también nos dio la capacidad de pensar y mejorar nuestra situación». Ya molesto, Braulio lo callaba diciéndole: «Upallay waynachu».

Después de la última resondrada de Braulio, cuando regresó a casa, Esteban, ya adolescente, vio salir a dos hombres acompañados de una mujer. Aquella escena era inusual, rara vez recibían visitas. La curiosidad se apoderó de él. Se apresuró hasta donde estaba Clotilde para obtener respuestas.

—Mamay, ¿quiénes son esos señores que salieron de la casa? —preguntó Esteban con inquietud—. Me miraron de manera extraña.

—Tranquilo, Tebitan. Son tus tíos. Vendrán este sábado a almorzar y quieren conocerte mejor. Solo te vieron cuando eras pequeño, así que están emocionados por verte ya joven y pasar algún tiempo juntos —explicó Clotilde con una sonrisa reconfortante para tranquilizarlo.

—Ah, ¿sí? No lo sabía, yo creía que mis únicos tíos eran tu prima, María, y su pareja, el tío Mario —comentó Esteban.

La noticia de la visita de sus tíos despertó una mezcla de emoción y curiosidad en él. Estaba ansioso por conocer a su familia extendida y establecer un vínculo con ellos.

—Bueno, hijito, me imagino que hay cosas que quieren conversar contigo —dijo Clotilde con una expresión inquieta.

—¿Qué hay para comer? —preguntó Esteban sin prestarle mucha atención.

—Lo que más te gusta, hijo, tu qollalawa —respondió Clotilde con un suspiro.

—¡Qué rico, mamitay! —exclamó Esteban, sonriendo—. Sírveme, por favor, que estoy muriendo de hambre.

El sábado, Esteban salió temprano acompañando a su mamá Clotilde a hacer las compras necesarias para la reunión que tenían planeada con sus tíos. Lograron convencer a su compadre Juan de que les vendiera un borreguito que usarían para hacer un asado. También compraron unas cuantas papas de la zona, y su lawita de maíz completaría el menú.

—Uy, ¡falta la chicha! —comentó Clotilde—. Teban, ¿puedes ir a ver a la señora Tomasa y pedirle que te dé el porongo que le dejé ayer con la chicha que le encargué? —le pidió.

—¡Claro, mamay! —contestó Esteban emocionado.

Se dirigió deprisa hacia la casa de la señora Tomasa. Le encantaba la idea de recibir visitas y ser de ayuda. Al llegar, encontró una casa de barro con un fogón y porongos arrimados hacia la pared del fondo.

—¡Buenos días, mamitay! —gritó Esteban—. ¿Tendrás el porongo que te dejó ayer mi mamá?

—Ari wawaycuna —contestó Tomasa—. Allí al lado de la mesa está, ¿ya lo viste?

—Sí, sí. Ya lo vi. Para usted no pasaron los años —comentó, intentando hacerle notar que ya no era una wawa—. Gracias, mamitay —le dijo Esteban a la señora Tomasa con una risa, luego le agradeció y recogió el porongo.

Regresó a casa con entusiasmo, listo para preparar todo. Su mamá Cloti y él limpiaron y colocaron sus mejores utensilios, y lo hicieron con el amor y cuidado característico de la gente del campo. Mientras esperaban, escucharon la puerta y reconocieron las voces. Eran Armando, Margarita y Federico. Aunque Esteban no los recordaba (después de todo, era apenas un bebé cuando lo dejaron con Clotilde), los hizo pasar y observó a su madre esforzarse por hacerlos sentir bien en su casa. Se notaba que ellos estaban contentos de estar allí.

Al finalizar la comida, después de elogiar la deliciosa sazón de Clotilde, Margarita tomó la palabra:

—Fue un almuerzo estupendo, Cloti. Muchas gracias.

—Sí, opino lo mismo —dijo Armando.

—Y yo también —agregó Federico. Ambos se agarraban el vientre.

—Una pena que Braulio no nos acompañara —comentó Margarita.

—Sí, pues se quedó en casa de sus compadres para ajustar unas cuentas que tenían de la última cosecha —explicó Clotilde, tratando de ocultar la poca empatía que sentía su pareja por ellos y por Esteban.

—Bueno, ¡ni qué hacer! Dime, Estebitan, ¿cuántos años tienes ya? —preguntó Federico.

—Cumplo catorce en agosto, don Federico —respondió él.

—¿Y estás asistiendo a la escuela? —inquirió Margarita,

—Los días que puedo voy a la escuela en General Sánchez Cerro, pero sí —respondió Esteban con entusiasmo. Recordaba con claridad aquellos momentos en los que escuchaba a sus maestros contarles historias y aprendía las primeras operaciones aritméticas—. Creo que aprendo rápido, doña —agregó, mostrando su dedicación y capacidad de aprender.

—No me digas doña. Soy tu tía y ellos también son tíos tuyos —recalcó Margarita.

—No lo sabía, doña —contestó Esteban con cierta admiración.

—Ah, ¿Clotilde no te contó nada, entonces? —preguntó Armando.

Clotilde soltó un suspiro, anticipando lo que iba a venir. Margarita, con el rostro afligido, decidió abordar el tema principal por el que se habían reunido.

—Hijito, hay algo que debes saber —comenzó diciendo—. Antes de que tú cumplieras tu primer añito, tu mamita partió al encuentro de Dios. Fueron momentos muy difíciles para todos nosotros, pero el Señor nos envió a otra mamita que te quería mucho, mucho.

Esteban se quedó en silencio, procesando la noticia que acababa de recibir. Una mezcla de emociones y preguntas comenzaron a surgir en su mente. Sentía una profunda tristeza por la pérdida de su madre biológica, a quien nunca había conocido, y también por Clotilde, a quien siempre había considerado su mamá y que ahora debía enfrentar la difícil tarea de revelarle esta verdad.

A medida que la sorpresa se asentaba, Esteban comenzó a preguntarse quién era su madre biológica y qué había sucedido con exactitud. Quería saber más sobre ella, su historia y cómo era. Al mismo tiempo, surgían sentimientos de gratitud a Clotilde, quien lo había cuidado y amado como si fuera su propio hijo.

La situación planteaba un nuevo capítulo en la vida de Esteban, lleno de interrogantes y emociones encontradas. Sabía que debía abordar el tema con Clotilde y Margarita para obtener respuestas y comprender mejor su identidad y origen.

—Clotilde, ¿no fue lo que acordamos? —le increpó Armando.

—Pero, papay, no hay nada como la verdad, y si están aquí es mejor que de una vez se entere —respondió Clotilde con mucha tranquilidad.

—¿Me entere de qué, mamitay? —inquirió Esteban con algo de admiración.

—De que tu mamita está en el cielo y me encargué de que tú seas mi waway —respondió Clotilde. Sus palabras estaban cargadas de seguridad y amor.

Esteban recordó las enseñanzas de Braulio de que los hombres no debían llorar, pero, aun así, dejó rodar una lágrima por la pérdida de su madre biológica

—¿Sí? ¿Entonces la conocieron? ¿Y cómo fue ella? —preguntó.

—Bueno, ella tenía un rostro dulce y blanco, como el que tú tienes, hijo —comentó Margarita, sollozando un poco mientras hablaba—. Eres el vivo rostro de ella —añadió, dejando en claro el parecido físico entre Esteban y su madre biológica.

Entre la curiosidad inquieta de Esteban y la amable disposición de sus tíos, quienes respondieron con paciencia cada una de sus preguntas, la tarde transcurrió sin que se dieran cuenta. Eran conscientes de que ese era solo el comienzo de un camino de descubrimiento y de que nuevas preguntas surgirían con el tiempo, desencadenando, tal vez, una tormenta emocional; pero nada estaba decidido aún y todos estaban dispuestos a enfrentar lo que viniera.

Después de la sobremesa, la conversación se volvió más íntima. Se adentraron en la vida de Esteban y promovieron una mayor conexión entre ellos. Las horas pasaron rápido mientras compartían historias y recuerdos, fortaleciendo los lazos familiares que los unían. Al final, el momento llegó y todos se levantaron de la mesa, satisfechos por el tiempo compartido y con una sensación de cercanía y cariño renovados.

—Gracias por acompañarnos, ahora siento que mi familia creció, queridos tíos — despidió contento Esteban a sus familiares.

Ellos lo miraron con una ligera sonrisa, comprendiendo el significado de esas palabras. Era el año 1938, y en ese momento, Esteban por fin se sentía bendecido por haber encontrado una conexión especial con su nueva familia.

En ese momento, mirando hacia el futuro con esperanza y determinación, Esteban se preparaba para escribir su propia historia, llevando consigo el legado de su madre y el amor de su ampliada familia.

¿Fue una simple coincidencia que Esteban fuera el nieto, por parte de su madre biológica, del vasco Fernández, quien llegó a Perú en busca de un futuro mejor debido a su abandono y soledad familiar? Esteban no tenía idea de por qué le tocaba vivir algunas circunstancias extrañas, pero no le guardaba rencor a nadie, ni siquiera al padre que aún no conocía. Él creía en el destino y en las razones que sustentaban su fe. Se propuso que debía hacerlo y lo pidió de esa manera. No se intimidaba ante nada y aprovechaba al máximo todas las oportunidades de aprendizaje. Su mayor habilidad, sin duda, era el comercio. Conocía la estacionalidad de las cosechas y los lugares donde eran necesitados. Realizó viajes en mula para entregar los productos que sabía que ciertas localidades requerían y lo hacía con una actitud positiva y enérgica, propia de un joven emprendedor.

III

Hecho y derecho

Al llegar a su humilde casita poco iluminada, Teban sintió el humo del fogón penetrar en sus pulmones. Agotado y hambriento, lo único que esperaba era comer algo y dormir. Había tenido un día bastante agitado, sin la venia de Braulio, quien, como siempre, después del trabajo, se fue a la chichería y volvió a casa ebrio. Cuando entró, intentó no llamar la atención, pero el lugar era tan pequeño que cualquier movimiento era percibido por quien se encontrara, y lo inevitable sucedió.

—¡¡¡Esteban!!! —gritó Braulio, que estaba exaltado por la chicha que había bebido.

—¿Sí, papay? —respondió rápido para no irritarlo más.

—¡Pulikuq![1] ¡So carajo! ¿Dónde estuviste? Tuve que aporcar todo el día, y sin tu ayuda —rugió Braulio con la ira aumentada por su embriaguez.

—Tenía que llevar unos fardos a Solajo, papay. Te lo dije anoche —contestó Teban algo asustado por la forma en que le hablaba y confundido, pues recordaba que la noche anterior habían conversado al respecto. Le había indicado, inclusive, sobre el traslado de las semillas al poblado de Solajo para venderla.

—¿Cuáles fardos? ¡Tú tienes que estar cuando te necesito! Lo demás no me importa —bufó Braulio, desmemoriado. Empezaba a enrojecerse de cólera.

---

1 Vago.

—Sabes que necesitamos ese dinero, papay, para que terminemos esta casita y compremos un nuevo arado —intentó apaciguarlo con esas palabras, mostrándole el beneficio que representaba su actividad para todos en esa casa. Aun así, la intransigencia de su padre sustituto no tenía cuándo acabar. Sin embargo, Esteban mostraba respeto y paciencia todavía.

—¡Nada, carajo! No me vengas con cojudeces. ¿Te vas a malograr tus manitos? ¡So indio! —continuó Braulio con los gritos y ofensas a Esteban, que ya tenía dieciséis años y no le gustaba para nada como estaba siendo tratado, sobre todo ahora que aportaba a la casa.

—Papá Braulio, no tienes por qué tratarme así —respondió en voz alta, pero con calma, lo que provocó aún más la furia de Braulio.

—Yo hablo como quiera, estoy en mi casa —levantó la voz.

Clotilde, al oír que los gritos aumentaban en el comedor pequeño en el que se encontraban su hijo y su pareja, decidió intervenir. Enojó a Braulio sin percatarse de cuán bebido se encontraba.

—¡So borracho! ¿Por qué tienes que estar tratando así a mi hijo? Después de todo lo que te ayuda, malagradecido.

—¡Tú no te metas! —exclamó Braulio, y se abalanzó sobre ella con la mano levantada, sin saber que sería la gota que derramaría el vaso.

Esteban perdió el control al ver que Clotilde podría sufrir algún tipo de violencia por parte de su pareja, y lo enfrentó, alzando la vara que tenía en la mano.

—¡Si la tocas, carajo, te parto la cabeza! —gritó.

Braulio tomó conciencia de la situación y se retiró, refunfuñando con la cabeza agachada. A partir de ese día, no volvió a hablar más de lo necesario con Teban, que aún lo respetaba, pero ya no con el cariño que antes le tenía. Cloti, en cambio, se apegó mucho más a Esteban. Era el hijo que siempre quiso tener. El sentimiento fue recíproco, ambos se necesitaban y la imagen materna de Cloti formó las bases de la ética y carácter del muchacho.

La mayor parte del tiempo, las actividades que ocupaban al joven Teban eran en el campo, pero la parte comercial, que era lo que a él le gustaba, fue incrementándose, y poco a poco, esto lo ayudó a independizarse. Apoyaba a la economía de casa y, al mismo tiempo, ahorraba para hacer algo productivo en el futuro.

En esos años mozos, conoció a una joven. Su nombre era Jacinta y se destacaba por su personalidad amigable y carismática. Era una mujer de gran calidez, siempre dispuesta a escuchar y apoyar a sus amigos, y eso la hizo ganarse el aprecio especial de Esteban.

Jacinta tenía una sonrisa que iluminaba cualquier habitación y una personalidad encantadora que atraía a quienes la rodeaban. La amistad que guardaba con Esteban se basaba en la confianza mutua y la integridad. Por todo ello, él la apreciaba de manera muy particular. Aquella amistad inocente, que comenzó llena de confianza y cariño sincero de parte de ambos, los convirtió en incondicionales, y los dos lo sabían, pero poco a poco, ella comenzó a enamorarse de él y se lo hizo saber. Aunque él no sentía ese mismo cariño, él sería incapaz de lastimarla diciéndole lo contrario. Pese a que la quería, no estaba enamorado de ella; sin embargo, anduvieron experimentando cosas de su propia edad. Estuvieron entre arrumacos y besos, pero no llegaron a más. Esteban parecía esperar un amor ideal, de esos que cuentan las novelas de amor de los autores hispanos, y lo que pasara con otras jóvenes solo representaba algunas aventuras.

Paso a paso, Esteban fue adquiriendo un carácter fuerte y disciplinado, propio de su misma vida y actividad. No se quejaba y aprendió a reprimir cualquier tipo de dolor. Se tomaba un trago de caña una que otra vez, y empezó a gozar de buena reputación para los negocios. La gente de Carumas y General Sánchez Cerro requería siempre aquellas herramientas que él podía comprar a muy buen precio en Lima, esto a través de remesas y envíos que aprendió pronto a realizar. Teban esperaba conocer Lima algún día.

En su mayoría, la vida de la gente de provincia en el Perú de inicios del siglo XX se daba solo en un entorno cercano, dadas las distancias y las dificultades del transporte, que se modernizaba muy despacio. Se usaban animales de carga como principal medio. Aun así, Esteban quería vivir con intensidad, e ir ocultando, de forma consciente o inconsciente, su tristeza interior. A medida que iba creciendo, nacían los cuestionamientos de todas aquellas circunstancias que le tocó vivir, y eso lo angustiaba. Para sobrellevarlo, necesitaba estar en actividad todo el tiempo.

Gracias a ese ímpetu, aprovechó una oportunidad con el viaje de don Joaquín, papá de su amigo Enrique. Este viajaría a Lima en su camión. Esteban, ni corto ni perezoso, agarró sus cosas y se aventuró, encargando sus pocas pertenecías a Cloti. Viajaba con la intención principal de contactar a un importador o intermediario de productos que le ofreciera buenos precios para crear un negocio formal en General Sánchez Cerro.

Tras hacer las averiguaciones respectivas, dio con el nombre que necesitaba. Se trataba de don Luis Quezada, él era la persona que buscaba. Lo pudo contactar gracias a los datos de sus amigos moqueguanos y arequipeños, quienes, además, le dieron consejos para que pudiera transportar semillas, impulsando así el cultivo de nuevas variedades de productos en el valle.

Muy pronto, Teban se dio cuenta de que esas ideas eran muy buenas. Actuó en concordancia y logró, después de muchas consultas, ubicar el negocio de don Luis Quezada, que era el principal intermediario de aquellas semillas que requerían en su tierra.

Don Luis tenía su negocio en el distrito limeño de Breña. Al reunirse con Esteban para coordinar los envíos, regatearon antes para llegar a un acuerdo que beneficiase a ambas partes. Entre otras cosas, Esteban haría los pedidos solo a través de telegramas o cartas y efectuaría las remesas correspondientes confirmando su recepción y pago vía telefónica, para los posteriores envíos. La confianza en su palabra era más que suficiente, y él, aunque joven aún, provocaba esa emoción en cada compromiso que hacía.

Su estadía en Lima fue para él un sueño. Conoció el mar, vio a los aristócratas cuando visitó Miraflores y el centro, conoció el diario *El Comercio*, disfrutó de la comida. Estuvo muy tentado de quedarse a vivir en la capital. «¿Quién sabe cómo se hubiera escrito esta historia si alguien lo hubiese retenido en la capital? Tal vez no estaría contándote todo esto», pensó Norma.

Cambiar de ambiente le dio nuevas perspectivas y motivaciones al joven Esteban. Primero tendría que rentar un local para abrir de manera formal su negocio. Pese a que aún no contaba con los medios monetarios, no lo consideró un problema. Con toda la buena fama que se había ganado, no le resultaría muy difícil conseguir un préstamo de algún familiar o amigo. De ese modo, convenció a doña Simona de que le rentara una de las habitaciones que quedaban en la esquina de la calle Ancash, en General Sánchez Cerro.

Al conversar, demostraba tanta seguridad en lo que hacía que casi ninguno de sus conocidos o parientes se atrevía a negarle lo que pidiese. Era un joven fuerte y confiado, y nada ni nadie evitaría que desarrollara sus planes, que para un joven de pueblo como él resultaban algo atrevidos. A lo único que le temía era a la debilidad, a la pérdida de sus facultades, porque implicaría empobrecerse y quedarse solo. ¿Eso no sería, acaso, un comportamiento que denotaba una evitación de su propia necesidad, sosteniendo un sentimiento de carencia que se ocultaba en una búsqueda de satisfacciones inmediatas?

Inauguró su tienda en mayo de 1944. Participaron todos los vecinos y paisanos de la zona, quienes empezaron a apreciar el buen proceder de Teban, como le decían por cariño. Inclusive algunas autoridades ediles de la zona quedaron encantadas con el desarrollo de su negocio. El propio alcalde, Chocano, pronunció: «Nos enorgullece tener a nuestro ciudadano ilustre don Esteban Torres Fernández como precursor del modernismo y desarrollo de la provincia de General Sánchez Cerro, mostrando el camino a los futuros emprendedores jóvenes de nuestra zona». Con todo ello, él no cabía en sí de satisfacción y alegría.

IV
Ilusión

Cerca del parque de la Alameda destacaba una casa tipo quinta, propiedad de la familia Baquedano Navarro. Allí vivían doña Francisca y sus hijos. Era una propiedad de más de seiscientos metros cuadrados que se hallaba a diez minutos de la plaza principal. Aún guardaba características históricas, por sus detalles en piedra y la puerta de la fachada. Todo el tiempo, le generaba mucha curiosidad a los vecinos conocer su interior. Allí mismo, en el patio interior, aprovechando el calor de la mañana, se encontraban charlando dos de las hijas de Francisca.

—¿Y tú qué pretendes, Normi? ¿Crees que Prieto te va a esperar toda la vida? —exclamó Elena algo airada.

—¿Qué dices, Lena? Nada de eso. Aún somos jóvenes y estamos viviendo cada etapa en nuestra relación. Luego no quisiera estar igual que mamá, con un hombre que solo aparece para comer y muestra cariño solo cuando se emborracha, y eso si está de buen humor, porque si no, ya ves cómo se pone: maltrata a cuanta persona se le ponga en frente, inclusive a nosotras. La última vez, de no haber sido por Agus, me habría caído la hebilla de su cinturón —respondió Norma con las manos apoyadas en sus muslos y la mirada fija en su hermana, mientras se levantaba para recibirle la bandeja y ponerse a escoger la quinua para la chicha.

—Sí, hermana, creo que tienes razón. Es que los veo tan enamorados que hasta podría sospechar que es el amor de tu vida —respondió Elena bajando la voz.

—Creo que es muy pronto para saber si es el amor de mi vida, pero la verdad es que sí me emociono cuando estamos juntos. ¡Es tan caballeroso! Y ya está culminando su carrera de Derecho —agregó Normi, suspirando y levantando la mirada al cielo.

—¡Ah! ¿Sí? ¡Quién como tú, hermana! —respondió Elena con la mirada baja, pensativa sobre lo que a ella le deparaba.

—Descuida, a ti también te tocará, hermana. Ya verás —prometió Norma tras darse cuenta de que Elena se entristecía al comparar su realidad con la de ella.

—¡Lo veo tan lejano! Pero bueno, será como Dios disponga. Mientras tanto, preparémonos para ir a misa, mamá debe estar despierta y ya sabes cómo se pone cuando nos encuentra desarregladas —comentó Elena, cambiando de tema para culminar la conversación.

—Sí, por supuesto. ¡Apurémonos!

ᴄᴒᴙ

Pedro esperaba, sentado detrás del mueble del mostrador de sus productos, la visita de su clientela. Tenía un pequeño cuadernillo y un lápiz. Con ellos controlaba los movimientos de su inventario. Por el tipo de comercio que realizaba, podía hacerlo por las tardes, que eran poco concurridas. Mantenía sus horarios para conocimiento de sus visitantes. Ese día, recibió a uno de sus preferidos.

—Buenas tardes, don Pedro —saludó Esteban con cortesía, acercándose al mostrador—. Tengo unas remesas que debieron llegar de Lima la semana pasada. Son treinta sacos: diez de semillas de maíz, quince de semillas de trigo y cinco de cebada.

—Espérame un momento, Esteban, por favor —respondió don Pedro antes de entrar a su almacén para verificar la mercadería ingresada. Al poco tiempo, salió con una sonrisa de oreja a oreja—. Por supuesto que llegaron. ¿Cómo te las llevarás? —preguntó al notar que iba solo.

—Afuera tengo a mi gente esperándome, don Pedrito, no se preocupe —aseguró Esteban y dio un silbido para llamarlos. De inmediato, entraron cinco estibadores que había contratado antes, todos ellos muy fornidos a simple vista. Recibieron las indicaciones del dueño y se pusieron a cargar los sacos para llevarlos en tres mulas que se encontraban amarradas a la entrada—. Bueno, Jacinto, Juan y Gabriel, ustedes lleven esto a Samegua, allí debemos esperar el camioncito que va a General Sánchez Cerro para llevar toda la mercadería. Mientras tanto, yo debo pasar por la compañía de teléfonos. Tengo que comunicarme con don Luis para darle la conformidad de la remesa —indicó Esteban. Tras despedirse de don Pedro, se retiró del local.

A paso rápido, se dirigió al centro de llamadas de la compañía telefónica. Cuando ingresó, sintió que algo había cambiado en ese ambiente. Vio a una nueva señorita en la ventanilla de atención y quedó encandilado con ella. Se percató de que, además, era la encargada de atender las llamadas. Estuvo observándola mientras esperaba su turno, sin saber qué hacer o decir para llamar su atención. «Debe ser hija de algún hacendado o personaje importante. Tanta belleza no se ve con normalidad», se dijo. Al llegar su turno en la fila, pasó frente a ella y se sintió sonrojar. Además, las manos le sudaron por los nervios. Toda aquella seguridad que siempre lo acompañaba se fue por un tubo.

Norma invitó a pasar al siguiente usuario, diciéndole:

—Dígame adónde y con quién le comunicamos, joven. ¡Joven!

—Disculpe, me distraje. Comuníqueme con esta central de Lima, por favor, y que llamen al señor Luis Quezada —dijo Esteban con prisa para no parecer un tonto.

—Perfecto, ¿quién lo llama? ¡Joven! ¡Joven! —preguntó Norma con insistencia.

—Ah, sí. Lo siento. Me llamo Esteban Torres —respondió él, volviendo a sonrojarse.

—Bien, señor Esteban, puede pasar a la cabina —informó Norma de forma muy amable, y con una cordial sonrisa, le señaló dónde debía recibir su llamada.

—Gracias, señorita. Hasta luego —se despidió Esteban. Norma le hizo una venia, sonriendo, al joven distraído.

Al llegar al pueblo, luego de acomodar la mercadería en su local, Esteban salió hacia la plaza para reunirse con sus amigos y tomarse algunas copas. Unas horas después, ya bajo los efectos del alcohol, las voces se oían altas. Esteban, entre otras cosas, les había comentado la impresión que le había dejado la operadora de la empresa telefónica. Como era de suponerse, ellos comenzaron a burlarse de lo sucedido.

—¿Y no le preguntaste ni su nombre? —preguntó entre risas su amigo Lucho.

—¿Qué le iba a preguntar, si estaba pasmado? —agregó Carlos, aunado a las risas.

—Amigos del alma, no se burlen. Les juro que me impactó demasiado esa señorita. Debo ir más seguido a Moquegua, quisiera averiguar un poco más acerca de ella —dijo Esteban en su afán de detener las risas burlonas y explicar su plan de conquista.

—Usted, compadre, es mariscalense. ¿Acaso quiere relacionarse con una ricachona moqueguana? —preguntó Lucho con sarcasmo.

—No lo sé, Lucho. Quizá no es una ricachona. La verdad es que sí me gustaría cortejarla, de ser posible —le respondió, algo ilusionado, Esteban.

—Mira, hermano, tú ya tienes muchas cosas que hacer aquí. El alcalde acaba de contratarte para que te encargues de los permisos municipales, tienes dos negocios, acaban de ofrecerte la venta de cerveza, ¿con qué tiempo vas a dedicarte al amor? —inquirió Carlos, riéndose—. Creo que aún estás soñando —comentó.

—No sé, compadre, pero creo que esa señorita lo vale. Ya veremos.

Cuando finalizó la velada, hicieron un último brindis y cada uno se retiró a su hogar.

Pasados algunos días, Esteban continuaba pensando en aquella operadora que lo cautivó. Aunque había organizado su tiempo para su visita a Moquegua, él quería inventar cualquier excusa para regresar lo más pronto posible. Se le ocurrió pensar en que requeriría completar un pedido para los nuevos clientes de la zona. ¿Qué más daba? Al fin y al cabo, ya era mayor de edad, él no tenía que darle cuenta a nadie sobre sus movimientos y se encontraba emocionado por volver a verla. Esta vez, pensaría cada movimiento y palabra a pronunciar cuando fuese su turno en la compañía telefónica y la tuviera frente a él.

Llegado el momento, viajó a la capital de la provincia con el mejor atuendo que tenía. Al llegar, se pasó un pañuelo por el rostro para quitarse el brillo, mojó su mano con un poco de agua de la pileta que había por el camino y se arregló el pelo. Se acercaba con cada paso al local donde atendía Norma. Cuando entró, pudo verla y sonrió con disimulo de pura alegría. Llegado su turno, se aproximó.

—Buenas tardes —saludó—. Antes que nada, quiero disculparme. No sé si me recuerda. Estuve aquí la semana pasada y quedé encantado con su atención. Me preguntaba si podría saber su nombre —dijo Esteban algo nervioso y casi sin poderla ver a los ojos.

Normi, impresionada por el atrevimiento del cliente, lo recordó. Esto ayudó a disipar su molestia y respondió con cortesía:

—Me llamo Norma, joven. ¿Y usted?

¡Vaya si se lo esperaba! No solo le dio su nombre, sino que le preguntó el suyo.

—Mi nombre es Esteban —dijo él de inmediato, y se quedó mirándola sin poder hilar ninguna otra palabra para iniciar una conversación.

—Pero dígame, entonces, Esteban, qué lo trae por la compañía de telefonía. ¿Desea que lo comunique con alguien? —habló Norma con prontitud, en vista del silencio que se había generado.

Tras un leve titubeo, Esteban se animó a responderle con todo el valor que tuvo:

—Bueno, creo que esta vez, en realidad, no necesito comunicarme con nadie. Quiero disculparme de nuevo por ello. Vine solo porque me gustaría que me diera su consentimiento para visitarla las veces que esté por aquí. Sé que es un atrevimiento, pero usted me ha cautivado con su belleza, además de su gentileza, y la verdad, sería un gran privilegio para mí poder invitarla alguna vez a tomar un café.

Normi quedó sorprendida por semejante petición de alguien que alguna vez visitó la compañía. Era algo que nunca se hubiera esperado, pero necesitaba dar alguna respuesta que pusiera las cosas en claro:

—¡Vaya! Sí que es un atrevimiento, pues imagínese, yo tengo ya un compromiso y es alguien a quien guardo cariño y respeto. Sin embargo, su cortesía me conmueve y no me gustaría crearle una expectativa que no será correspondida. Disculpe mi franqueza.

Casi con el corazón roto, Esteban debía demostrar con tranquilidad el respeto por la postura que había tomado Norma, además de elogiar lo bien educada que era.

—No hay nada que disculpar, señorita Norma, soy yo más bien el que se excusa; pero me gustaría insistirle para que me conceda, si no es un atrevimiento, darme su amistad, algo que me alegraría sobremanera. Estaré siempre para apoyarla y servirla como su fiel admirador.

Norma se ruborizó, nunca pensó provocar una reacción así en un hombre que no fuera el Dr. Daniel Prieto.

—Sí... claro, Esteban. Puede visitarme cuando esté por aquí. Gracias por sus cumplidos. Bueno, tengo que retirarme, porque mi horario ya terminó. Si me permite —se excusó, y salió deprisa de su ventanilla.

—Hasta pronto, señorita Norma. Gracias —se despidió Esteban.

Algo desmoralizado y sintiendo que, en definitiva, pertenecían a diferentes realidades, Esteban quedó pensativo con lo sucedido, pero también sabía que él no era de los que se daban por vencidos. Estaba prendado de la belleza de Normita, y al tener su amistad, esta le abría una ventana de esperanza. Por un momento, soñó con esa posibilidad.

Al llegar a su casa, Norma fue recibida por su hermano, quien, luego del saludo, preguntó:

—¿Dónde estuviste, hermana?

—En el trabajo, como todos los días —respondió ella.

—Madre estuvo preguntando por ti. Tuvo otra de sus crisis y estuvo quejándose de lo difícil que es su vida y de que los hombres no valen la pena, solo sus hijos. Bueno, lo mismo de siempre —le contó él de manera sucinta.

—Así es, Marco. Lo mismo de siempre…

V
Logros

En el despacho de rentas del municipio de General Sánchez Cerro, se encontraban el alcalde, Chocano, y su jefe de rentas, Esteban Torres. Ambos estaban evaluando los fondos requeridos para las obras de mayor exigencia en la provincia que regentaban. El alcalde aprovechaba muy bien las iniciativas de su joven trabajador. Luego de muchas horas, quedaron exhaustos. Tras finalizar los últimos acuerdos, el alcalde indicó:

—Bien, Esteban, creo que sería todo por hoy. Estamos avanzando de forma adecuada con estas licencias municipales. Verás cómo dejaremos luego de mi gestión la provincia de General Sánchez Cerro cuando culminemos.

—Claro que sí, señor alcalde. La modernidad está avanzando. Yo creo que pronto tendremos los primeros camiones bus de pasajeros hacia nuestra provincia. Eso nos dará mayor acceso al comercio y los servicios —respondió Esteban, motivado por los cambios que estaba presenciando.

—No lo dudes, hijo. Será más pronto de lo que imaginas —aseguró el alcalde.

De manera muy acertada, aprovechando el buen humor del alcalde, Esteban creyó oportuno solicitarle un permiso especial para una actividad que desde hace un tiempo le estaba rondando en la cabeza. No quería parecer un cínico ni un aprovechado, menos aún ante su jefe, pero consideró que era el momento. Entonces, le dijo:

—Estoy de acuerdo con usted, señor alcalde. De hecho, quería comentarle que en este último mes tuve algunas conversaciones con los encargados de ventas de la empresa cervecera del Perú, todo ello con la intención de abrir un pequeño depósito de cerveza aquí en nuestra provincia. Ellos se mostraron muy optimistas al respecto, y si usted me lo permite, quisiera elevar una solicitud para que nuestra municipalidad me autorice la apertura de un local para realizar dicho comercio.

Todo esto comenzó cuando Esteban notó que, en su pueblo, la gente disfrutaba mucho de la cerveza, pero tenía que viajar hasta Moquegua para conseguirla. Al detectar esta necesidad, decidió abrir un pequeño depósito de cerveza. Para financiar el negocio, reunió algunos ahorros personales y obtuvo un préstamo de una vecina prestamista llamada Angélica.

Luego, se puso en contacto con los distribuidores mayoristas de la empresa cervecera para adquirir cerveza a granel. Inició sus primeras relaciones comerciales con dicha empresa y ofreció cerveza desde su tienda, que ya funcionaba, pero aún faltaba la autorización del municipio.

Algo sorprendido por la solicitud de Esteban, el alcalde vio con agrado ese entusiasmo que tenía.

—Pero por supuesto, hijo —respondió al instante—. ¡Faltaba más! Ya te lo dije: me dejas impresionado con todas las actividades que estás desarrollando. No te debe dar tiempo para nada, ni siquiera para el amor —bromeó.

—¡Ni lo diga! Sé que Dios me guarda una persona especial. Ya verá, mi señor, no lo dude. Ya llegará —contestó él, muy contento.

Esteban, junto a su familia y amigos, inauguró su pequeño almacén de cerveza. Con esta, era ya la tercera actividad comercial que emprendía. Para ser un joven provinciano del poblado de Carumas, criado por padres extraños, la historia resultaba admirable. Todos esos logros lo mostraban como un ciudadano ilustre de la provincia de General Sánchez Cerro, el pueblo al que adoraba; sin embargo, todo esto no llegaba a llenar sus vacíos. Faltaba algo que le diera más plenitud en la vida. Aquellos objetivos alcanzados a sus cortos veintitrés años lo mantenían ocupado, en efecto, pero de vez en cuando se sentía solo y asustado, una emoción propia del abandono que sufrió de muy pequeño y que afectaba su paz y autoestima. Además, lo llenaba de miedo y tristeza.

Esteban había tenido una infancia difícil, criado por padres que no eran sus propios padres biológicos. Esta situación lo hizo sentirse abandonado desde temprana edad, lo que afectó su autoestima y su sensación de seguridad. A pesar de sus logros como emprendedor en su pueblo, Carumas, y la admiración de la comunidad, Esteban seguía luchando con un profundo sentimiento de soledad y miedo. Sus éxitos comerciales y su estatus social no lograban llenar el vacío emocional que sentía debido a su experiencia de abandono en la infancia. Aunque se mantenía ocupado con sus emprendimientos, en ocasiones caía en crisis de tristeza y ansiedad, anhelando una sensación de pertenencia y afecto que le faltaba.

Este conflicto interno entre sus logros materiales y su necesidad de conexión emocional lo atormentaba, lo llevaba a sentirse solo y asustado, a pesar de aquellos éxitos aparentes. La historia de Esteban se centraba en su búsqueda de plenitud y sanación emocional, además de su lucha por superar las cicatrices de su pasado y encontrar la felicidad genuina en su vida.

VI
Compromiso

El reloj Longines en su muñeca marcaba casi las cinco y media cuando la vio llegar, siempre puntual con sus compromisos, muy prolija en su atuendo. Se quedó observándola. Al recibirla de la mano, le dio un beso en la mejilla. Ella se sonrojó, pero fue condescendiente. Se sentaron en la misma banca de la plazoleta Santo Domingo. Luego de mirarse por unos segundos, comenzaron a charlar.

—¿Sabes que te quiero? —preguntó Daniel.

—No lo sé, creo que sí. Además, creo que yo también te quiero, pero la verdad no sé hacia dónde va nuestra relación. Eres una persona tan ocupada que siento que recibo solo las migajas de tu tiempo —respondió Norma, sonriendo nerviosa.

Daniel arqueó las cejas por la inesperada respuesta. Necesitaba decir algo que le diera confianza a su amada.

—Claro que no, Normita. ¡Cómo se te ocurre! Lo que pasa es que estoy pensando también en nuestro futuro. Sabes que nuestra relación está entre mis mayores prioridades. Entiendo que mis actividades familiares y los estudios se incrementan cada vez más, pero solo imagínatelo. Cuento ya con propuestas laborales serias para postular al poder judicial, por ejemplo, aunque mientras me encuentre culminando los estudios de Derecho, dependo todavía, en lo económico, de mis padres, a quienes les tengo toda la gratitud del mundo. Por eso, espero ser recíproco con ellos en los años venideros.

—Esto que me dices me hace pensar mucho, Daniel. ¿Qué vida se nos vislumbra si empezáramos una vida juntos? Nos queremos, claro está, pero ¿cuánto tiempo más habrá que esperar? Voy a cumplir veinte años y algunas amigas y primas están comprometidas, inclusive algunas de ellas están muy bien casadas. Mi madre, por otro lado, no quiere saber nada de mis relaciones o si estoy o no enamorada de alguien, aunque ya le he hecho algún comentario al respecto. Espero de verdad unirme a ti y formar un hogar, pero me gustaría verte más decidido —comentó ella.

Una cita, como de costumbre, se había convertido en una pequeña discusión. Daniel no se lo esperaba, en definitiva, solo atinó a responder:

—Claro que estoy decidido. No me imagino compartir mi vida con otra mujer. Solo ten paciencia, por favor.

Norma miró al cielo y suspiró.

—Está bien, ya debo irme. ¿Iremos al agasajo en el Club Moquegua?

—¡Por supuesto! Te encantará, ya verás. Conocerás a algunos de mis amigos y compañeros de la facultad —respondió Daniel, contento

—Bien. Entonces, te espero a las 4:30 p. m. Recuerda que los permisos de mi madre no van más allá de las 9:00 p. m. —advirtió ella.

—Lo sé, Normi. Descuida, estaré temprano —prometió. Se acercó un poco y le robó un beso en los labios. Ella volvió a ruborizarse.

—Dani, por favor. La gente nos mira —concluyó.

VII
Reconciliación

El tranvía la dejó en una esquina dos cuadras después de la plaza de armas. Al bajar, tenía clara la ubicación que le habían proporcionado. Cuando llegó, pudo ver a su sobrino Facundo revisando algunos recados de la tienda que administraba. Era allí que quería encontrarlo, para evitar a su esposa e hijas por el tema que quería conversar con él. Le hizo una venia, luego se acercó, pasó al interior de una pequeña oficina y se sentó a esperar. Al entrar, Facundo pidió que nadie los interrumpiera por un momento.

—Tía Dolores, desde hace mucho tiempo no te veo, creo desde el agasajo a mi madre. Espero que todo se encuentre bien contigo y la familia —dijo Facundo luego de saludar.

—Gracias a Dios y la Virgen, todo marcha bien con nosotros, hijito. Lo que me trae a este encuentro tiene que ver más contigo que conmigo. Es algo que considero importante aclarar, por tu bien y el de tu hijo —respondió Dolores con mucha tranquilidad.

Tras oír ese primer comentario, Facundo sintió un nudo en la garganta. ¿Qué intención tendría su tía al traer a conversación una historia pasada?

—¿Qué? ¿Cómo se te ocurre, tía? —increpó Facundo—. Mis únicas hijas son las que tengo en matrimonio.

Algo desilusionada, sin mucho aspaviento ni emoción, Dolores le comentó:

—¿Te olvidas de tus amoríos con Petra? Ella no tuvo más amores que el tuyo, Facundo, y si bien ahora ya se encuentra en la presencia del Señor, el fruto de ese cariño está vivo y se llama Esteban Torres. Ya ves que hasta lleva tu apellido.

—Calla, por favor. Te puede oír alguien —respondió Facundo disminuyendo la voz.

—Pero aquí no hay nadie, Facundo. ¿Qué te asusta, hijo? —preguntó Dolores, observando el nerviosismo de Facundo. Una ola de desasosiego cruzaba su rostro. Había pensado que, después de todo, no podía ser tan cínico ante los acontecimientos provocados en su juventud.

—No voy a reconocer a nadie, ¿me oíste? Solo tengo dos hijas, a quienes amo, junto a su madre, Mariana. Es a ellas a quienes me guardo —afirmó Facundo. Trató de zanjar la conversación y creyó por un momento que su tía Dolores iba a chantajearlo o a dársela de justiciera de la familia, pero él no lo iba a permitir. Ya tenía una vida hecha que no pensaba arruinar por sus pasiones de juventud.

Con mucha madurez, Dolores apaciguó a su sobrino y le dio a conocer cuál era su intención en ese momento.

—No seas tonto, no vine aquí porque tengas que hacerte cargo del muchacho. Él ya aprendió a vivir sin ti y lo hace muy bien. Es un joven próspero, con mucho entendimiento en los negocios. No creo que quiera sacar ventaja de su filiación ni que te lleve a juicio cuando converses con él. Solo tenía la intención de conocerte, según me indicaron mis hijos. Es por eso que estoy aquí.

—Entiendo, tía Dolores, pero no puedo prometer nada. Déjame organizar mis cosas y te doy una respuesta en una semana, para que hagas las coordinaciones del caso, de ser necesario —dijo Facundo, algo más aliviado.

—Descuida, hijo, yo me encargo. Lo ideal sería que organices tu viaje a Moquegua, no creo que convenga que él venga aquí, a Arequipa, porque aquí todo el mundo te conoce y sería motivo de sospechas, ¿no lo crees? —advirtió Dolores con calma a Facundo.

—Creo que tienes razón. Como te digo, déjame organizar. Hoy no puedo ofrecerte nada, tía. Gracias por venir —concluyó la conversación Facundo para luego invitarla a retirarse.

Al salir de la oficina de Facundo, luego de despedirse, Dolores vio a Mariana, la esposa de su sobrino, que estaba con sus dos hijas. Ambas se hicieron una venia de cortesía, pero sin acercarse. Dolores salió algo apresurada, mientras que él se quedó para abrazar a su familia. Iban a salir a almorzar.

De inmediato, Mariana preguntó:

—¿Qué quería Dolores?

No pensó mentir de forma tan rápida y descarada, pero la situación lo presionó para darle una respuesta creíble a su esposa.

—Nada en especial —aseguró Facundo—. Ya sabes, algunos familiares buscan siempre que les colaboremos con algunos víveres para su familia.

—¡Caray! ¡No hay cuándo acabar! No somos una beneficencia. El que tus tíos no hayan planificado bien no es nuestro problema —respondió Mariana sin darle importancia al asunto, poniéndose del lado de su esposo.

—Sí, querida. Tienes razón —asintió él.

Pasadas las horas, ya por la noche, Facundo no podía dormir pensando en cuál sería el interés que tendría ese hijo suyo en conocerlo después de veinte años o más. «¡Qué rápido pasa el tiempo!», pensó, recordando esas aventuras que tuvo con Petra y cómo despertó en él sus primeras pasiones. Todo le pareció tan breve... Ahora debía pensar en qué excusa le daría a Mariana y su familia para ausentarse unas semanas.

—¿Cómo que tienes que viajar a Moquegua? ¿Para qué?

—Sí, querida, debo solucionar unos negocios que quiero desarrollar por allá. Ya sabes, debemos expandir la empresa que mi padre nos dejó. Si no prevemos el incremento de nuestro patrimonio, tarde o temprano terminará acabándose.

—Pero ese viaje es muy peligroso.

—Lo sé, querida. Descuida, conozco al chofer y al dueño del camión. Viajaremos con mucha precaución.

—Bueno, sé que no puedo hacerte cambiar de opinión.

—Solo serán quince días, Mariana —prometió Facundo.

Luego de alistar todas sus cosas, coordinó el viaje hasta General Sánchez Cerro con un transportista conocido, dueño de una camioneta Chevrolet. Debían salir de madrugada si querían llegar a tiempo. Dejando todo organizado, algo que hacían muy bien, partieron. La ruta era sinuosa, pero no pasaron mayores contratiempos. Llegaron al atardecer. Facundo pidió referencias sobre la casa de Esteban. Para su buena suerte, mucha gente conocía la tienda de su hijo. Al acercarse, la encontró abierta y entró.

—Buenas tardes. Quisiera conversar con Esteban Torres, por favor.

—¿Sí? Dígame quién lo busca, caballero.

—Me llamo Facundo y he venido para reunirme con él.

—Mucho gusto. Soy su prima, Juana. En estos momentos, él no se encuentra. Está en el municipio.

—Y dígame a qué hora cree que regresará, si es que lo hace.

—Él viene para cerrar la caja, me imagino que estará a partir de las 7:00 p. m. ¿Quiere dejarle algún encargo?

—No, descuide, volveré a esa hora. Muchas gracias.

Facundo se sentía perdido. Miraba el paisaje, pero las cosas que tenía en la cabeza le impedían apreciarlo. Aunque era un valle precioso, no entendía nada de lo que estaba pasando. Sentía culpa, miedo de que se esclarecieran las cosas y su esposa e hijas supieran toda la verdad.

Esteban se convirtió en un joven apasionado en todo lo que hacía. Asumir riesgos formaba ya parte de su carácter. En la búsqueda constante de incrementar su dominio sobre las cosas, reprimía sus miedos hasta el punto de insensibilizarse. Todo el dolor que pudo soportar de niño tras su abandono y ausencia de sus padres biológicos fue transformado en intensidad. Negaba por completo cualquier muestra de debilidad que él o la gente con la que se rodeaba pudiera demostrar, pero todo tenía un límite.

Llegada la hora, Facundo se acercó al local. No veía a nadie. Se aproximó un poco más. En eso, sintió que alguien estaba cerca.

—¿Sí? Dígame a quién busca —pronunció Esteban con voz enérgica.

Facundo volteó. Habían cerrado el local y estaba anocheciendo. Se encontraba curioseando y se asustó con aquellas palabras. Al girarse, vio a un muchacho de unos veintitantos años, con la barba escasa creciendo por su rostro, delgado pero fornido, con el pelo bien tirado para atrás y ojos algo rasgados y bien oscuros.

—Soy Facundo Torres y estoy buscando a Esteban.

—¿Y como para qué lo está buscando? —respondió Esteban.

—Necesito conversar con él, por favor. Es urgente. Vengo desde Arequipa.

Esteban ya se había dado cuenta de que se trataba de su padre y no quiso extender la incertidumbre de dicha situación.

—Soy yo —contestó. Facundo se quedó pasmado, sintió que le brotaban algunas lágrimas.

—Ya sabes quién soy, entonces —le dijo Facundo.

—Por supuesto, lo supe al verlo. Creo que su rostro me resultó muy familiar.

—Ah, ¿sí? Qué bueno —repuso Facundo.

—Pero ¿qué hacemos aquí, don? Pase, por favor. ¿Ya sabe dónde pasará la noche? Tengo unos cuartos aquí en los que bien se puede acomodar. Cuento con algunas frazadas y mantos para el frío.

—Gracias por tu hospitalidad, Esteban. Fíjate que no tenía la menor idea de dónde podría encontrar hospedaje por aquí. Me salvaste —agradeció con una pequeña sonrisa.

—Bien. Entonces, pasemos. Creo que necesitamos conocernos —le dijo Esteban con mucha tranquilidad. Al entrar al comedor, comentó con un poco de humor—: ¡Bienvenido a mi humilde morada!

Facundo observó la vivienda de su hijo.

—Veo que estás prosperando y no sabes cuánto gusto me da —aseguró. Miraba el pequeño comedor con una botella de macerado, unos vasos y un mechero que les proporcionaba la luz que requerían a esas horas.

—Sí, creo que me ha ido bien, con la ayuda de Dios y la Virgen. Agradezco contar con ese favor, que recompensa mis esfuerzos. Pero cuénteme, don, ¿qué lo animó venir a conocerme? Quiero que sepa, antes que nada, que no tengo ningún tipo de rencor o malicia contra usted. Sé que usted es mi padre. Imagino que fue mi tía Dolores quien lo contactó —dijo sin reparo.

Admirado con la madurez de Esteban, Facundo continuó con la conversación:

—Pues sí. Quería que te conociera, y creo que tenía toda la razón. No es bueno jalar esas culpas a la tumba. No sé si conoces algo de nuestra historia, o qué será lo que te habrán contado, pero guardo el recuerdo de tu madre, que de Dios goce, del que fuiste tú el fruto.

Esteban se quedó pensativo por un momento.

—No tengo ningún tipo de historia en mi memoria. Crecí creyendo que Clotilde y Braulio eran mis padres. Claro que no entendía por qué Braulio no me apreciaba. Luego de la visita de sus primos, la sobrina y los hijos de doña Dolores, apenas comprendí algunas cosas. «Eres hijo natural», me decían. No ahondaron más, pero para mí era suficiente. No le miento, don, había días en que me invadía la melancolía y la inquietud de saber para qué estaba en esta vida, pero aprendí también a sobrellevarlas y ponerme fuerte. Para eso, Braulio ayudó mucho —agregó con un poco de ironía.

Animado por la franqueza de su hijo, Facundo contó su vivencia:

—Yo quería mucho a Petra, tu madre. Era bella y las condiciones de la vida la llevaron a nuestra casa en Arequipa en condiciones de servidumbre. Aquello que comenzó como juegos y coqueteos terminó en una relación que, aunque fugaz, no pasó desapercibida en mi vida. Éramos jóvenes y la pasión nos ganó. Ella era una gran mujer, responsable y culta. Trabajaba muy bien y mis padres la querían, hasta que se embarazó.

—¿Cómo que se embarazó, don? Creo que usted la embarazó. No soy fruto del espíritu santo, como nuestro amado Jesús —lo interrumpió Esteban de inmediato, resguardando la memoria de su madre.

—Tienes razón, hijo. No sabes cuánto miedo sentí, incluso le sugerí que no te tuviera —admitió Facundo con voz quebrada—, y mira que de eso ya pasaron casi veinticinco años. Aquí estamos. Al ver mi inmadurez, tu madre sufrió, asumió el embarazo y se retiró de la casa. Mis padres, tus abuelos, nunca lo supieron. Ella encontró refugio con Dolores, con quien trabajó en la pensión durante sus primeros meses de gestación. Cocinaban muy bien, pero en cada día que pasaba su estado fue más notorio. Para evitar habladurías, Dolores le sugirió que viniera a Moquegua, donde estaban sus hijos y su sobrina. Es hasta allí que tengo el recuerdo vívido de lo que pasó antes de tu nacimiento. Hace unos meses, Dolores me abordó en la calle y me pidió conversar. Fuimos a mi oficina y allí me contó todo lo acontecido en la vida de Petra y en tu vida, Esteban. Sentí muchas cosas: dolor, curiosidad, desasosiego, miedo... pero decidí enfrentarlo, y aquí me tienes —concluyó Facundo.

Esteban meditaba en la historia que acababa de oír. Para él, fue suficiente. Le abrió su corazón a su padre y le dijo:

—Descuide, don Facundo. Agradezco que haya tenido el valor de venir hasta aquí para conocerme. Como ve, la vida no me ha tratado mal hasta ahora. Tengo muchos planes para el futuro y no me gustaría estorbar los suyos. No piense que estaré interesado en sus bienes o en ir a visitarlo para importunar. Para nada, don. De esa parte no se preocupe. Valoro mucho este gesto suyo, y si es necesario perdonar algo, lo hago. Si hubo algún odio que pudiera sentir por usted, ya no lo tengo, pero también agradezco su presencia y participación en esta historia, porque sin usted, yo no estaría aquí tampoco, ¿verdad?

—¡Qué grato escucharte, hijo! Me emociona. Veo que no solo creciste en edad, sino en sabiduría. Bendita sea tu vida. Yo partiré el día de mañana, pues tengo un largo viaje por hacer —dijo Facundo, casi sollozando y poniéndole una mano en el hombro.

—Solo me gustaría que se quede un día más y que conozca un poco mi tierra y las actividades que hacemos aquí —pidió

Esteban con una sonrisa—. Le llevará algunas horas más. Aquí tendrá cama y comida. Como ve, espacio tenemos de sobra —aseguró, mirándolo con cariño.

—Es lo mínimo que puedo hacer, Esteban —respondió Facundo luego de una respiración profunda—. Sabes que hoy en día tengo una familia en Arequipa. Tienes dos hermanas. Espero algún día las puedas conocer —mintió.

—Yo también lo espero, don. Ahora permítame invitarle a cenar. Mi prima Juana nos cocinó una sopa de gallina. En un momento nos atiende. Fue bueno conocerlo.

—Lo mismo digo, Esteban. Lo mismo digo.

Así, Facundo y Esteban se quedaron conversando hasta altas horas de la noche. Se alegraron un poco con el macerado que tenían. Hablaron de muchas cosas, de sus planes, amoríos y trivialidades. Esteban sintió una emoción que no conocía al saber que tenía un padre. Pasaron dos días juntos y luego Facundo partió, sin promesas ni compromisos creados, con la libertad que ambos se dieron. Se abrazaron y ambos soltaron unas lágrimas.

—Hasta pronto, Bansito.

—Hasta pronto, don. O mejor dicho, papá.

VIII
Romance

Aquel fin de semana se verían como siempre. Daniel había prometido presentar a Normi formalmente a sus padres. Para ella, esto significaba un avance importante en su relación, en su afán de independizarse y salir de casa de su madre de la manera correcta. Ansiaba casarse y eso no pasaría si primero no se comprometían, todo seguía un protocolo. Sin embargo, tal vez, aquel día hubo un cambio de planes.

—¿Adónde vamos, Daniel? Creí que veríamos a tus padres —preguntó Norma algo inquieta.

—Ellos viajaron a Ica en el último momento, Normi, lo siento, pero iremos a la oficina de mi papá. Queda aquí cerca, en la calle Ayacucho —respondió él, nervioso, pensando que Norma podría interpretar de manera equivocada aquella situación, aunque quizás ambos estarían buscando más intimidad.

—¿Y qué haremos allí? —preguntó ella con un aire de inocencia.

Daniel, queriendo impresionar con alguna respuesta madura que denotase su autoconfianza y manejo de la situación, respondió:

—Tendremos privacidad y un tiempo a solas, amor mío. Además, hay algunas cosas que quiero comentarte.

Sabiendo a qué se exponía al entrar a un lugar a solas con su amado, pero recordando al mismo tiempo que las caricias y besos que se daban dejaban un repentino deseo, Normi argumentó con algo de cordura:

—Pero podemos conversar por aquí, cerca de la plaza. No me gusta que ingresemos solos a ningún sitio, salvo las reuniones previstas y autorizadas por mi madre. Sabes que le tengo mucho respeto y no soy una muchacha sin hogar.

—Calma, Normi, solo estaremos un rato —la tranquilizó Daniel, y la guio por una de las calles contiguas a la plaza.

Norma, que lo sostenía del brazo, solo siguió los pasos de Daniel. Llegaron a una casa en la calle Ayacucho. Tenía rejas blancas. Daniel sacó unas llaves e ingresaron. Pasaron a un salón con piso de madera y luego subieron a una segunda planta. Ambos sentían el pulso acelerado.

—Ven, no tengas miedo. Aquí trabaja sus casos mi padre —explicó Daniel, y la hizo pasar con la mano que puso con suavidad en el centro de su espalda.

Al ingresar, Norma vio una especie de pequeña sala. Había unos muebles de madera tallada, algunos libros en un estante que formaba una de las divisiones y un escritorio con varios papeles apilados. El olor era agradable por el tipo de madera del que estaban hechos los muebles.

—Siéntate, por favor, Normi. En algunos años, esta también será mi oficina —dijo Daniel.

—¡Qué bien! —respondió ella—, pero ahora dime, ¿qué es eso tan urgente que querías comentar?

Daniel observó la seriedad con la que ella le habló y tuvo una idea para calmar el nerviosismo de ambos.

—Espera, Normita, mi papá tiene su guardado aquí —dijo. Ella lo vio agacharse en el escritorio y sacar una licorera—. ¿No te dije? Creo que es brandy o whisky. Lo trajo de uno de sus viajes que hizo a la capital. Aquí hay unas copitas.

—Sabes que mi madre confía en ti, Daniel, y todavía es temprano para beber —dijo Norma, sintiéndose algo incómoda—. No sé qué pretendes.

—Vamos, Normita, es viernes y solo beberemos una copita los dos para celebrar nuestra unión, ¿acaso no confías en mí? Además, quería contarte algunas cosas.

—Está bien —respondió ella, resignada, y aceptó la copa de licor.

—Bien, salud por los novios —dijo Daniel con un poco de humor, levantando la copa.

—Todavía no somos novios, no hiciste el pedido formal a mi madre —repuso ella, y le cortó el ímpetu.

—Lo haré, Normi. Descuida, todo a su tiempo. Sabes que yo no estoy jugando contigo. Te quiero mucho, creo que te lo he demostrado de muchas maneras.

—Sí, lo hiciste, y creo que de eso se trata el amor, ¿verdad? —respondió ella. Alzó su copa y tocó con ella la copa de Daniel—. Bien, salud, entonces. Estoy emocionada por lo que me acabas de decir —confesó, y dio un pequeño sorbo a la copa—. Mmm, ¡es muy agradable!, y un poco dulce. Es la primera vez que pruebo algo así. ¿Qué otra cosa querías decirme? ¿Tienes pensada la fecha? —preguntó, entrando en calor.

La pregunta tomó por sorpresa a Daniel y lo obligó a responder con la verdad de sus proyecciones:

—Sí, claro. Será en dos años. Me aceptaron para iniciar una carrera en el poder judicial —explicó—. Sabes que es algo que esperaba con mucho entusiasmo y debo realizar mis primeros mandados en la secretaria de juzgado en Ica. Luego buscaré mi traslado a Moquegua para trabajar en la Corte Superior de Justicia. Descuida, verás que esos dos años pasarán rápido.

—¿Qué? ¿Esperaremos dos años? Sabes que ya no soy una niña, acabo de cumplir veinte años, Daniel, y la gente sabe que andamos juntos. Yo te quiero mucho, estoy enamorada de ti, pero es mucho tiempo —respondió ella, empezando a entristecerse.

—Sabes que es mi carrera, Normi, ¿de qué viviremos, si no? Necesitamos tener un hogar para pensar en la crianza de nuestros futuros hijos. Será un pequeño sacrificio, pero valdrá la pena. Además, sabes que no tengo ojos para nadie que no seas tú. Yo te amo, Norma Baquedano —aseguró con el corazón en la mano.

—Yo también, Daniel Prieto, pero esto que me pides me pone muy triste. Quiero salir ya de casa para que vivamos juntos, y pensar en esperar dos años más viviendo con mi madre y mis hermanos... —resopló Norma—. La verdad, no sé qué pueda pasar. No puedo tan siquiera tomar mis propias decisiones. Me siento ahogada con el trato que nos dan.

—Te entiendo, Normi, y lo sé. Vendré una vez cada dos meses para verte. Puedo ir a conversar con doña Flora, si quieres, para que nos comprometamos de manera formal. No tengo ningún tipo de reparo en ello. También hablaré con tus hermanos y con mis padres. Créeme, no me veo con otra persona que junto a mi Normita —dijo con voz emotiva.

—No, creo que no será necesario por el momento. Veamos cómo se vislumbran las cosas. Yo tampoco me imagino con otra persona a mi lado, Daniel —aseguró. Se le acercó e hicieron un brindis, chocando con sutileza las copas. Luego de eso, ella lo besó con un repentino deseo.

¿Por qué fue aquel beso tan intenso? Tal vez fue por todo lo acontecido momentos antes, sumado a los efectos del licor; pero esta vez no sería suficiente. El mismo hecho de que tuviera que marcharse para culminar su carrera y poner fechas tan lejanas para su posible boda debía haber disminuido aquel deseo de Norma, pero no fue así. Hubo más bien un efecto contrario. Se aferró a él como queriendo retenerlo. Daniel, al sentirla tan cerca, se puso de pie. De inmediato, la tomó en sus brazos y empezó a besarla, primero por las mejillas, después bajando hacia su cuello. La temperatura de sus cuerpos aumentaba poco a poco, al igual que la pasión de sus besos y caricias también. Al comienzo, solo rozaban sus cuerpos vestidos, sintiendo una excitación aún mayor, pero la necesidad de sentir su piel fue en aumento. Él empezó a desabotonar su blusa para tocar sus pechos. Aquel momento la excitó de tal forma que sintió una humedad fluir hacia su prenda interior. Luego, ambos fueron soltando, una a una, sus prendas.

—Sabes que esto está mal, ¿verdad? —murmuró Norma como intentando detenerse—, pero te amo y no me importa más nada —agregó.

—Y yo a ti, Normi. Serás mi esposa —dijo Daniel para no disminuir la pasión de ese momento.

Continuaron besándose y mirándose a los ojos. Ya semidesnudos, se recostaron en ese piso alfombrado. Norma temblaba entre el miedo y el deseo. Sabía, por las conversaciones con sus amigas y primas, lo que pasaría. Daniel también se encontraba nervioso, invadido por el deseo y amor físico. Tocó sus pechos otra vez, la quería cada vez más plegada a él. Ella sentía mayor humedad. Nació el deseo de sentirlo cada vez más dentro de ella. Sintió un fluido bajar por sus muslos. La dureza de aquel piso no fue inconveniente. Él la volvió a mirar a los ojos.

Al unirse, aún con sus prendas íntimas, sintieron una fricción que los encendía. Recorrió con su mano su cuerpo y levantó su falda para llegar a su ropa interior. La retiró con delicadeza y la acarició. Luego, soltó sus tirantes para bajarse el pantalón hasta las rodillas. Se retiró la prenda que cubría sus partes y acercó sus muslos a los de ella. Norma, en un mínimo arranque de cordura, se dio cuenta de que había perdido el control, pero no lograba dominarlo. Sintió la piel de Daniel sobre la suya y, momentos después, él ya estaba dentro de ella. Tuvo un pequeño dolor punzante, pero después aceptó aquel momento. La dificultad de esa primera vez no permitió un buen ingreso, por lo que volvieron a intentarlo. Esta vez, sintió que sus partes encajaban a la perfección. Había más humedad y gozo.

Algunos segundos más tarde, él estaba muy bien dentro de ella. Se miraban con mucha ternura y continuaron con el jadeo y sudoración. Pasados algunos minutos, sintieron un estallido de placer. Ella notó un fluido caliente en su interior. Se estremeció, llena de dicha. Culminado el momento, él sintió que la amaba aún más. La mantuvo abrazada durante un tiempo y se quedaron en silencio. Al final, él alejó su cuerpo un poco para mirarla. Ella no podía creer que una experiencia así fuese posible. Había perdido su virginidad con el hombre que amaba y eso fue maravilloso.

IX
Amistad

Las actividades mantenían a Esteban con la mente ocupada, lo que era beneficioso para él. Una mañana de junio, después de dejar a cargo de sus negocios a sus ahijados y haber solicitado permiso en el municipio, decidió dirigirse a Moquegua para cumplir con las tareas asignadas. El viaje siempre resultaba agotador, y esta vez no fue la excepción. Tardó alrededor de cuatro horas en llegar. El autobús los dejó en la plaza de armas, y desde allí, caminó hasta la compañía de telefonía, donde se dirigió a su operadora favorita.

—Buenas tardes, señorita Norma. La veo con un brillo especial —comentó Esteban.

—¡Oh! ¿Le parece, Esteban? Son ideas suyas —contestó ella.

Esteban, como de costumbre, se encontraba allí para realizar las llamadas necesarias y concretar los pedidos y remesas correspondientes. Esta vez, sin embargo, demoró un poco más de lo habitual, ya que tenía planeado pasar por la cervecería para llevar las primeras consignaciones de cerveza a General Sánchez Cerro. Había calculado bien su tiempo, pero no anticipó que Norma ya se estaría retirando cuando saliera de la compañía de teléfonos.

En ese momento, él la vio salir con prisa y la alcanzó. Era una tarde de cielo despejado en Moquegua, con un clima soleado que calentaba sus rostros. Después de pasar varias horas a la sombra en su lugar de trabajo, Norma disfrutaba del calor que brindaba el astro rey; sin embargo, Esteban se sentía un poco sofocado por el viaje y la caminata que había realizado. Aun así, se animó a entablar una conversación con ella.

—¿Hacia dónde va, Normita? —le preguntó al acercarse.

—¡Ah! Hola de nuevo. Me voy a casa, ya terminó mi turno —respondió ella sin mucho interés.

—Bueno, si es así, ¿me permite acompañarla? —pidió ilusionado.

—Pues claro, ya lo está haciendo, pero creo que no debería molestarse ni interrumpir sus actividades por mí. La verdad, Esteban, no quisiera crearle ningún tipo de ilusión. Usted me parece un joven correcto y ya le comenté que guardo un compromiso. Es más, ahora estoy de novia —replicó Norma con mucha seriedad.

—¿De novia? Ah, bueno, ¡qué bien! La felicito. Descuide, la acompañaré como el amigo suyo que me permitió ser. ¿Me permitiría invitarle algo en el camino? Aquí en calle Ancash conozco un local donde sirven unos buñuelos que son un manjar de Dios —dijo él, intentando disimular la frustración que representó esa noticia. Aun así, no se amilanó.

Norma empezó a incomodarse con la presencia e impertinencia de Esteban, pero, manteniendo la cortesía, le dijo:

—No, gracias. Imagínese, llegaré a casa para almorzar, y si acepto su invitación, quedaré satisfecha, pues como muy poco, y le haría un desplante a mi madre y mis hermanas. Pero cuénteme, mientras tanto, ¿usted es de por aquí? Lo digo porque solo lo veo cuando requiere hacer llamadas.

—Gracias, ¡qué buena pregunta! Tiene razón, yo soy del valle. Por ahora vivo en General Sánchez Cerro. Nací cerca en Carumas, ¿conoce usted ese valle? Es un lugar muy lindo —comentó él.

—Fíjese que no, no tuve la oportunidad de viajar por allá. Me imagino que debe disponerse de un día o dos para poder visitar aquel lugar, y la verdad, nunca se dio la oportunidad, pero no descarto la posibilidad en cualquier momento. Eso espero —dijo ella con mayor confianza.

Al escucharla, Esteban se entusiasmó.

—Ah, pero mire, yo la puedo invitar para que nos visite —dijo—. Puede hacerlo con sus hermanas o hermanos, sería un honor recibirlos y brindarles alguna atención. Tengo un pequeño negocio en el mismo pueblo y la casa cuenta con varias habitaciones para alojarlos. Me alegraría mucho, de verdad.

Al darse cuenta de que le había generado expectativa de nuevo, Norma intentó disuadirlo contándole su situación familiar:

—Es usted muy amable, Esteban, quizá más adelante. Ahora me encuentro demasiado atareada con el trabajo y los quehaceres de la casa. Vivo con mi madre y mis hermanos y tenemos muchas responsabilidades. Si fuera por mi madre, no trabajaría para quedarme a atender a mis hermanos. Imagínese.

—Bueno, Normi, seguro ya se dará —repuso Esteban, aceptando y entendiendo la excusa, así que cambió de tema—: Cuénteme, ¿cuándo se comprometió?

Ella se ruborizó con el rumbo que había tomado la conversación.

—Es una pregunta algo indiscreta, Esteban. Apenas llevo cuatro meses comprometida, pero faltan las formalidades, así que por favor no lo comente —le pidió—. Moquegua es pequeña y todo se llega a saber. Espero se dé a su debido tiempo.

—Claro, Normi, mi boca se mantendrá cerrada —aseguró Esteban, avergonzado de su intervención, y soltó un suspiro de tristeza—. Bien, me despido, entonces. Espero que no le falte mucho camino hasta su casa. Debo bajar hacia calle Balta.

—Sí, ya me quedan pocas cuadras por recorrer. Le agradezco su gentileza, fue agradable su compañía, Esteban. Lo veo en otra oportunidad —se despidió, alejándose.

—Adiós, Normi. Gracias de nuevo por permitirme acompañarla —respondió él.

Ambos se alejaron. Esteban, al caminar, llevó consigo un sentimiento de rechazo y desvalorización que le impedía ver todo lo que había logrado. Parecía obsesionado con buscar la felicidad en sus posesiones materiales y relacionándose, según él, con gente importante. Se enfocaba más en aparentar que en ser una persona completa y feliz. En ocasiones, derrochaba su dinero con amigos y compañeros, tratando de llenar esa herida profunda que se remontaba a su infancia y lugar de origen y no al rechazo sufrido por Norma, como solía justificarlo. Aunque no provenía de una familia adinerada ni tenía importantes herencias, había labrado su camino a base de trabajo arduo y esfuerzo en un pequeño pueblo. Así, logró obtener aquellas cosas de las que veía disfrutar a los terratenientes y a los ricos de su zona. Se convirtió, de forma gradual, en alguien similar a aquellos a quienes solía criticar en otros momentos. Solía decirse que lo único que le faltaba era encontrar el amor, ¿o tal vez ya lo había encontrado?

Norma miraba a Esteban con simpatía, pero ni siquiera por un momento como un posible candidato a su amor. Admiraba la responsabilidad y madurez que él mostraba en sus negocios, sin olvidar que ese fue el motivo que lo llevó a la compañía de telefonía donde la conoció. Pensaba que Esteban era un joven de provincia emprendedor con el que no tendría inconveniente en trabar amistad, pero solo eso, ya que ella se imaginaba convirtiéndose en la señora de Prieto y salir así de su casa y de aquel yugo materno que cada vez la asfixiaba más.

X
Memorias

Caía una lluvia torrencial y la mercadería aún se encontraba en el patio.

—Apuramuyá —gritó Toribio, ahijado de Esteban.

Todos los que se encontraban en la tienda empezaron a cargar los fardos de suministros y la mercancía. Sabían que el agua era lo más perjudicial para las semillas almacenadas. Esteban llegó en ese instante, algo mareado por la chicha de q'ora, pero apenas sintió la lluvia, dejó todo lo que estaba pendiente en la chichería de María y gritó a sus ayudantes:

—Oye, Toribio, recíbele este saco a José —indicó, alzando la voz.

Él mismo metió mano a la labor de ese instante y lograron guardar todos los fardos en el almacén. Todos quedaron empapados pero satisfechos. Al revisar los rostros, Esteban encontró un rostro nuevo junto a un niño y le preguntó:

—Pitaq kanki.

Aquel rostro lo miraba callado. Se trataba de un campesino con la ropa muy gastada y el rostro oscuro por el frío.

—Vargas papay —respondió.

—Es el cholo Vargas de Omate, y el niñito será su hijo, supongo —explicó José. Era una wawa colorada que se paraba a las justas detrás de las piernas del cholo.

—Imansutik'i —le dijo Esteban con gentileza. El niño lo miró, asustado y empapado. Luego, tapó su rostro en la pierna de su papá.

—Él es Juani, papay —dijo Vargas.

—¿Y ahora qué hacemos? No pensarás regresar a esta hora y con semejante lluvia —le dijo, como bromeando.

—Manan, papay —respondió Vargas con una sonrisa tímida.

—Bien, prepárenle unas frazadas con sus pieles para que duerma —ordenó a sus ahijados y ayudantes. Luego, lanzó un grito—: ¡Juana! ¿Ya está la sopita? Necesitamos calentarnos.

—Sí, papay —respondió Juana.

—¡Qué bueno! Ahora, de una vez, júntense y siéntense donde puedan, porque en la mesa solo entramos cuatro.

Todos se acomodaron y Juana empezó a pasar sus pocillos de sopa con una presa de gallina. Tenían tanta hambre que pocos esperaron sus cucharas de madera, y a sorbos, comenzaron a tomarse su sopa, entre bromas. Esteban era como un papá para todos ellos. Pese a su juventud, era muy querido, y así se lo hacían saber.

Días después, mientras realizaba el despacho de la oficina de aranceles del municipio, el alcalde lo hizo llamar con urgencia para una reunión en su despacho. De inmediato, Esteban dejó lo que estaba haciendo y salió de la oficina. Al llegar, saludó al alcalde y a dos funcionarios que se encontraban allí. El alcalde le pidió que se acercara y se sentara en la silla frente al escritorio principal.

—Esteban, estamos necesitando mayor organización en el cobro de las alcabalas —comentó—. Mucha gente está vendiendo sus propiedades para comprar un inmueble en Moquegua. Espero que tú no hagas lo mismo.

—¿Cómo cree, señor alcalde? Aquí está mi vida y mi futuro. ¡Le tengo tanta gratitud a mi pueblo! —respondió Esteban con una sonrisa. Tras suspirar, se quedó pensativo por un breve momento.

—Bien dicho, Esteban —repuso el alcalde con una disimulada sonrisa—, porque justo quiero encargarte la responsabilidad o jefatura del área de rentas. No cuento con nadie capaz de organizar esta área, y de ella vivimos y con ella hacemos lo que hacemos por nuestro General Sánchez Cerro querido. Por supuesto, tendrás tu aumento, hijo, y contarás con ocho trabajadores. Los puedes evaluar y también puedes cambiarlos. Se trata de ir mejorando paso a paso. ¿Qué me dices?

No muy sorprendido, puesto que ya conocía el funcionamiento del área que le estaban encargando, Esteban respondió:

—Gracias, señor alcalde, por su confianza. Veremos la mejor manera de organizarnos y no defraudarlo.

—Descuida, Esteban, no lo harás, de ninguna manera lo harías. Te estoy agradecido —dijo él, sonriéndole.

Luego de la reunión, Esteban regresó a sus quehaceres pendientes en la oficina. Se sintió contento con la noticia. Al retirarse del municipio, aprovechó para visitar de sorpresa a su madre Clotilde en Carumas.

—Allillanchu, mamay. ¿Qué hay para comer? —saludó. Clotilde lo vio con emoción y lo abrazó.

—Hijito, ¡qué bueno que estés aquí! Me da mucha alegría verte. Claro que siempre hay comida aquí, nunca nos faltó, lo sabes. Lávate esas manos y ven. Siéntate, hijo, y cuéntame cómo está Sánchez Cerro. Me da pena que no puedo ni visitarte —dijo, y sus ojos se llenaron de lágrimas. Él la abrazó de inmediato.

—Tranquila, mamitay, no estamos muy lejos. No debes ponerte así, nos está yendo muy bien. Fíjate que hoy el alcalde me encargó un trabajo muy importante en el municipio, con un nuevo cargo. Ahora tu hijo es el jefe del área más importante en la alcaldía. Por supuesto que acepté este desafío. Ahora los negocios, mamitay, poco a poco se están levantando. Debo pagar a todos los que me ayudan, si no, no podría mantenerlos. Sabes que tienes tu casa en Sánchez Cerro que te espera cuando tú quieras —aseguró con mucha satisfacción.

—Sí, hijo mío, gracias, pero sabes que debo estar aquí con Braulio. Soy su mujer, así que no puedo dejarlo solo, aunque sea un cascarrabias —respondió con algo de resignación, sabiendo que Esteban la respetaba mucho, a pesar de que no estaba de acuerdo con algunas de sus decisiones.

—Lo sé, mamitay, lo sé, pero, al menos por unos pocos días, espero que puedas visitarme.

—Lo haré, Tebitan, te lo prometo. Ahora anda, lávate las manos para que puedas comer. Te gustará lo que hice, es un chupecito de quinua. Sé que te gusta mucho. Después te daré el asadito que tengo guardado justo pensando en que me visitarías. Lo freiré —prometió y, poniéndose manos a la obra, preparó lo ofrecido.

Luego de llenar el vientre y disfrutar del engreimiento de Clotilde, ya en la sobremesa, Esteban estaba un poco inquieto con la pregunta que quería hacerle:

—Mmm, ¡qué delicia todo, mamitay! Gracias. Ahora voy a cambiar de tema. Quería comentarte que hace algunos días me acordé de Maritza, ¿la recuerdas?, la hija de don Feliciano. De seguro te acuerdas de ella, cuando, de niños, salíamos a cazar sapos al cerro y tú te enojabas. ¡No la veo desde hace tanto! Creo que la última vez fue cuando la estaban enviando a Moquegua para que siguiera estudiando.

Clotilde lo miró con ternura por aquellos recuerdos.

—Así es, hijito, no me olvidé. Más bien recuerdo cómo te miraba la pobre, muy ilusionada, y tú ni te dabas cuenta —comentó entre risas.

—Sí, mamitay. En ese tiempo yo todavía era muy tímido para esas cosas del amor —respondió él.

—Imagínate tu suerte, hijito —replicó Clotilde con una sonrisa—. Justo ahora que me lo preguntas, ella vino la semana pasada a visitar a sus padres. Si tienes más suerte, aún podrías verte con ella. Sabes que yo no me llevaba muy bien con su familia, así que puedes pasar por su casa antes de que anochezca. Yo no te acompañaré por eso mismo.

—Sí, lo sé, mamitay —dijo Esteban, alegre—, pero a estas alturas de la vida no creo que sigan con esos enfados de antaño.

—¿Quién sabe, hijo? A veces, la gente no cambia —aseguró Clotilde, mirándolo.

A medida que avanzaba la conversación, Esteban se sentía cada vez más nostálgico. Recordaba los momentos compartidos con su madre en aquel hogar, las risas, las confidencias y los abrazos reconfortantes. Era consciente de que la vida estaba cambiando rápido y que esos momentos familiares se estaban volviendo más escasos.

—Provecho, mamay, ya tengo que irme. Creo que es tarde —dijo Esteban, pensando en regresar a Sánchez Cerro.

—¿Qué dices, hijo? Si mañana es sábado. Mejor quédate, tienes aquí todavía tu cama para descansar. No te puedes ir. Además, ¿no pasarás por la casa de don Feliciano? —le respondió Clotilde, intentando retenerlo, aunque fuese esa noche.

Enternecido con la propuesta, Esteban no se hizo rogar y accedió.

—Está bien, mamitay, hoy me quedo. Mañana saldré a pasear para recordar los buenos tiempos y creo que por la tarde me iré. Probaré suerte, de repente veo a Maritza.

—¡Ay, zamarro! —exclamó Clotilde, riendo. ¿Qué importaba el motivo? El asunto es que su hijo se quedaba hasta el día siguiente, para su felicidad.

Esteban se puso de pie, se abrigó con una chompa que Clotilde guardaba y le dio un beso en la frente antes de salir deprisa. Sabía que, al tratarse de un pueblo pequeño, había una alta probabilidad de encontrarse con alguien conocido. Y como era de esperar, justo cuando salía, vio a don Feliciano caminando con una joven que le sostenía el brazo. Pasó cerca de ellos como si no los reconociera, pero alcanzó a escuchar a alguien pronunciar su nombre.

—¿Esteban? —dijo Maritza, y él volteó el rostro para verlos.

—Buenas tardes, don Feliciano, Maritzita. ¡Qué gusto me da verlos! —respondió con cortesía Esteban.

—¿Qué ha sido de tu vida, hijo? —preguntó don Feliciano, viéndolo con nostalgia y simpatía, y ni qué decir de Maritza.

Él se les acercó para responderles e iniciar la charla que deseaba tener desde un comienzo.

—Me encuentro muy bien, don Feliciano, gracias al cielo. Las cosas van bien por Sánchez Cerro; pero, cuénteme, ¿ustedes cómo se encuentran? Fíjese que a Maritzita no la veo desde hace casi seis años, o de repente más.

—Creo que es más, Esteban —replicó ella, sonrojándose un poco.

—Pero díganme, ¿adónde van? —preguntó él con una sonrisa—. ¿Puedo acompañarlos?

—Claro, Tebitan —dijo Feliciano. Así lo llamaban de niño—. Estamos buscando una bodeguita antes de que cierren todo. Necesito comprar cañazo y otras cosas.

—Pues entonces vamos. Hoy me quedaré en Carumas —habló lleno de confianza.

Entablaron una conversación animada mientras se dirigían hacia la plaza. Era evidente que Esteban y don Feliciano acaparaban toda la charla, mientras Maritza los observaba en silencio. Luego, don Feliciano sorprendió a todos con algo inesperado.

—Bien, jóvenes, hasta aquí los acompaño. Regresaré a casa, me imagino que tienen muchas cosas que conversar después de tanto tiempo. Me acuerdo de lo buenos amigos que eran. Hija, no regreses muy tarde, por favor.

—Claro, papá —respondió Maritza, algo sorprendida por la actitud de su padre.

Mientras don Feliciano se alejaba, ellos sonrieron con aire de complicidad. Esteban empezó a relatarle con galantería todas las vivencias emocionantes que había experimentado en su emprendedora vida. Maritza lo escuchaba con admiración, absorbiendo cada detalle de sus historias con entusiasmo. A su vez, ella compartió con Esteban su experiencia en el internado del colegio Santa Fortunata, donde las monjitas las guiaban en el camino de los hábitos religiosos, la oración y la fe. Después de algunas horas, mientras disfrutaban de la compañía mutua, Esteban decidió hacerle una pregunta:

—¿Y ya tienes novio?

Ella no tardó en responder:

—Por supuesto que no. Si lo tuviera, no estaría conversando aquí contigo —aseguró, y ambos rieron. Algo preocupada, agregó—: Bien, creo que ya debemos regresar a nuestros hogares.

Esteban no se había dado cuenta de que el tiempo había volado y solo atinó a responderle:

—¡Uy, tienes razón! Pero dime, ¿me puedes dar tu dirección en Moquegua? Resulta que con frecuencia viajo por allá. Alguno de esos días podría visitarte.

Al escuchar su interés, Maritza abrió los ojos con admiración y, sin pensarlo mucho, le dio la información que volvería a reunirlos.

—Claro que sí, Esteban, espero que te acuerdes, porque no tenemos dónde apuntarlo. En Moquegua vivo en calle Libertad 212. Es muy fácil de recordar, es una de las calles que sube por Balta. Busca una puerta tallada de color marrón. Allí vivo con mi tía Ana.

—¿Y crees que tu tía Ana se molestará si te visito? —preguntó él para asegurarse de que no le hicieran ningún desplante.

—Por supuesto que no, Teban, ¿cómo crees? Es más, algunas veces le hablé de ti, de seguro que querrá conocerte —dijo con un poco de ironía para darle humor a ese momento.

—Bien. Hasta pronto, entonces, Maritzita. Ha sido muy lindo volver a verte —dijo.

—Chau, Teban.

Se acercaron y se dieron un beso rápido, seguido de risas. Ella, aun riendo, se despidió y salió corriendo. Esteban suspiró y su mente se llenó de pensamientos sobre Norma. Se preguntó si esta joven sería capaz de sacarla de su cabeza. «¿Quién sabe?», pensó para sí mismo. Aunque ese día se sintió satisfecho por la conexión que había logrado con Maritza, sabía que era muy típico de él. Con una mezcla de emociones, siguió su camino. La sensación de satisfacción se mezclaba con un ligero atisbo de incertidumbre sobre sus sentimientos. Sabía que tenía que aclarar sus pensamientos y tomar decisiones respecto a sus emociones.

XI
Hermanas

Habían prometido no contar nada sobre su compromiso; sin embargo, Norma se sentía un tanto angustiada por el episodio de intimidad al que había llegado con Daniel. El silencio sobre lo vivido en la oficina de su padre la inquietaba, quizá debido al significado que eso tenía para ella. Era una época en la que la sexualidad representaba un tabú, en especial cuando se trataba de una señorita de familia. Las estrictas normas y expectativas sociales dictaban que las mujeres debían guardar su virginidad hasta el matrimonio. Norma, de forma inconsciente, se sentía culpable por haber cedido a sus deseos de aquella manera.

En casa, Norma se encontraba conversando con su hermana Elena.

—¿Qué dices, Lena? Dani no es un cualquiera, él se comprometió conmigo —le increpó.

—Lo sé, pero no habló con quienes debía. Andrés y mamá aún no han aprobado tu compromiso, y sabes que todo debe proceder de esa forma. Además, Daniel ni siquiera vivirá aquí, ¿y quién sabe si volverá? No lo sé, hermanita. No me gustaría apenarte, pero tu relación no me convence del todo —dijo Elena con preocupación.

—Pues a mí sí y es lo que importa, Leni —respondió Norma, poniéndose a la defensiva—. Además, estoy más que comprometida con él. Le di lo que a nadie. Lo amo, es el hombre de mi vida. Cualquier sacrificio que requiera nuestra relación valdrá la pena.

—¿Qué? ¿Por qué dices todo eso? No me digas que...

—Así es, fui suya y, por supuesto, él también fue mío. No te imaginas todo lo que significa fusionarse en ese amor —comentó Norma con un suspiro—. Ya te lo dije, lo amo.

—No me hagas caso, entonces, Normi. A mí también me gustaría estar así de enamorada, pero creo que soy más realista y práctica. Necesitamos saber cómo se organizará nuestra vida en adelante, porque después nos encontramos con alguien como papá, y ya ves lo atormentada que dejó a nuestra madre —le recordó Elena, apaciguando la conversación.

—Ella tuvo parte que ver en eso, no creo que solo haya sido culpa de papá... Pero no vamos a hablar de ellos, ¿verdad? Te cuento que Dani llegará en dos semanas. Espero que sea el momento adecuado para pedir mi mano, ya que estoy ansiosa por salir de casa y vivir junto a él. Claro, esto ocurrirá después de que termine sus prácticas en el Poder Judicial de Ica —contestó Norma con cordura, intentando ser imparcial en la historia de sus padres.

—Sí, creo que tienes razón, las relaciones son de dos. Mejor sigamos hablando de tu compromiso. Dime, ¿sus padres te conocen? —preguntó Elena, indagando un poco más.

—Pues claro, hermana, me los presentó una vez. Desde luego que no hubo mucho tiempo para intercambiar ideas ni conversar, pero creo que les caí bien. Además, no hay mucho que exigir: por suerte, ambos somos de buena cuna —afirmó Norma.

Las fijaciones que existían en el grupo social al que pertenecían las familias en cuanto a unir a sus hijos en matrimonio siempre generaban una observación especial. Incluso llegaban al extremo de desheredar o solo frustrar la unión si esta no se alineaba con los intereses familiares.

Elena, que entendía mejor la situación en la que se encontraban, rio con la aclaración de Norma.

—¡De buena cuna! Sabes que, si no fuera por nuestros hermanos, en este momento estaríamos casi en la indigencia. Por eso espero terminar ya mis cursos, para entrar a trabajar con las monjitas de mi colegio. Me tienen en buena estima.

El ego de Norma sintió competencia, por lo que le dijo al momento:

—Pero por supuesto. Por lo mismo, yo también trabajo, no lo olvides. No será mucho lo que gano, pero me permite verme bien con lo que visto y no estar dependiendo de que mamá nos siga comprando nuestro vestuario, pero aún requerimos techo y alimento, aunque no será por siempre. Ya verás cuando me case.

—Sí, Normi, eso espero. Que Dios bendiga tu relación, pese a que ya te encuentres en pecado —dijo Elena con algo de humor, entre risitas—. Espero llegar con la misma ilusión.

—No hables así, hermana. Dios no puede condenar el amor, y lo que vivimos fue una muestra de ello. No vuelvas a referirte así, por favor —advirtió Norma, sonrojada y arrepentida de haberle contado su historia a Elena.

Las voces del comedor empezaron escucharse, junto al llamado de su madre para que bajasen a almorzar.

—Mamá ya está llamando, bajemos antes de que se molesten —dijo Norma.

—Sí, bajemos. Después me cuentas los por menores —pidió Elena con curiosidad y morbo.

—Ni lo sueñes, no te contaré nada, Elenita. Nunca más —replicó Norma, riendo con nerviosismo.

XII

Atracción de juventud

Luego de pasar por la cervecería y la compañía de telefonía, Esteban decidió visitar a Maritza. Tenía apuntada su dirección en un cuadernito de notas. La anotó apenas llegó a su casa para no olvidarla. «A ver —se dijo—, calle Libertad 212. Creo que debo entrar por el óvalo y dirigirme hacia el mercado central. Así es, allí está calle Libertad. Queda subir... Aquí está». Se apresuró a tocar la puerta, no oyó respuesta. Insistió y nada. Cuando estaba próximo a retirarse, escuchó unos pasos y el sonido de la aldaba. Volteó y vio a la joven muy bien uniformada y acicalada. Estuvo encantado con su figura.

—Hola, Maritza, ¡qué linda estás! ¿A qué se debe tan bello atuendo? —preguntó Esteban con mucha galantería.

—Me voy para el colegio, estudio por las tardes. ¡Qué bueno que estés por aquí para que me acompañes! Ya me falta poco para hacer una especialización en Contabilidad —contestó ella, sonriéndole.

—Claro que sí, será un placer. Vamos, entonces. Pase usted, por favor —indicó, haciéndola adelantarse para luego ponerse del lado contrario a la pared y caminar junto a ella.

—Gracias, caballero —dijo Maritza, sonriendo, y agregó con ironía—: Espero venga más temprano la próxima vez.

—Por supuesto que sí, hoy fue solo porque no conocía la casa, pero ahora ya me resulta fácil ubicarla.

Y así continuaron charlando mientras se dirigían hacia el colegio Santa Fortunata. Ellos se comprendían muy bien.

XIII
Mi hermano mayor

Se acercaba la llegada de Daniel a Moquegua. Norma pensaba en él todos los días y se preguntaba qué depararía el futuro para ambos. Aunque estaba presente de forma física en su trabajo, su mente divagaba, provocándole suspiros fugaces. En uno de esos días, mientras tenía la cabeza en las nubes, alguien le habló con una voz familiar.

—Hola, Norma. Te veo distraída. Es la primera vez que te puedo visitar en el trabajo —le dijo Andrés, que llevaba algunos minutos observándola.

—Hermano, ¡qué sorpresa! ¿Qué te trae por aquí? —exclamó Norma, emocionada al ver a su hermano—. Este es mi puesto de trabajo —agregó con cierto orgullo—, pero cuéntame el motivo de tu visita, ¿necesitas hacer alguna llamada o solo viniste a verme?

—Solo quería verte trabajar, hermanita. Te ves muy bien, aunque pareces algo pensativa. Espero no estar molestando. ¿Puedo ver el local? —preguntó su hermano con una sonrisa.

—Pues claro, Andrés. Mira todo lo que quieras. Solo déjame atender a los clientes que acaban de llegar. Como puedes ver, no puedo moverme de aquí —respondió Norma con amabilidad mientras señalaba su puesto de trabajo.

—Claro que sí, Normi. Estaré tranquilo, no te preocupes.

Para Andrés, ver a su hermana trabajar significaba un respiro para la familia. Los tres hermanos mayores sostenían la casa con las labores que realizaban y eran los preferidos de su madre.

Andrés sabía que pronto Norma terminaría su horario, así que decidió esperarla.

En ese momento, Norma vio entrar a Esteban al local y se puso un poco nerviosa.

—Hola, Esteban. Hace algunos días que no te veía por aquí. ¿Cómo te encuentras? —lo saludó con una sonrisa, tratando de ocultar su leve agitación.

—Hola, Norma. Me encuentro bien, gracias por preguntar —respondió Esteban con una sonrisa—. Te cuento que me ascendieron en el trabajo que realizo en la municipalidad de Sánchez Cerro. Imagínate, ahora soy el encargado de Rentas, y con esa responsabilidad adicional, me fue difícil venir a hacer las remesas y las llamadas a Lima —explicó Esteban, luego hizo una pequeña pausa y continuó—: ahora cuéntame cómo estás tú. Te ves diferente, tal vez más radiante.

—¿Te parece, Esteban? Me mantengo igual que antes. Tomaré tus palabras como un cumplido —añadió entre risas—. Dime, ¿quieres hacer tu llamada de siempre o solo viniste a visitarme? —preguntó. «Por lo visto, hoy me tocó recibir visitas», pensó Norma con una ligera sonrisa.

—Sí, por favor, Normi. Vine por la llamada de siempre, deben estar esperándola en Lima. Al terminar, vendré a despedirme. Si me lo permites, puedo acompañarte. Sería fabuloso para mí —expresó Esteban con cierta emoción en la voz.

Ella hizo como que no escuchó la última parte y respondió:

—Claro, Esteban. Enseguida te comunico.

Al terminar, Esteban observó que un señor le hablaba con una sonrisa. Se entristeció al pensar que era su prometido, pero al acercarse para despedirse, Norma los presentó.

—Esteban, te presento a mi hermano, el futuro doctor Andrés Baquedano Navarro —dijo ella con orgullo.

—Mucho gusto, joven Andrés —respondió Esteban, extendiendo la mano.

—Un gusto, ¿señor...? —preguntó Andrés.

—Esteban Torres, para servirlo —replicó, sosteniendo su mano con un ligero apretón.

—Veo que mi hermanita tiene sus admiradores —bromeó Andrés—. Cuénteme, ¿usted es de por aquí? —indagó de inmediato para ver de quién se trataba.

—No, joven —respondió Esteban—. Soy de General Sánchez Cerro y vengo a Moquegua solo para recoger mercadería y realizar las llamadas y remesas de dinero a mis proveedores en Lima y Arequipa —explicó.

—Ah, ¡genial! Usted es del valle de Omate, entonces. Según me cuentan, se convirtió en un sitio maravilloso. Espero poder volver algún día. Visité el valle hace mucho tiempo en una excursión que hice con mis compañeros de la universidad —comentó Andrés con interés.

—Oh, ¡qué bien! Le comento que estamos modernizando poco a poco nuestro poblado. Se ha mejorado la carretera y se han incrementado algunos comercios para atender a los hacendados de la zona. Además, tenemos un clima maravilloso. Espero que puedan visitarme. Ya le hice la invitación oficial a Normi y, por supuesto, a usted, doctor. Ojalá puedan hacerlo en cualquier momento. Mientras tanto, debo retirarme. Fue un gusto conocerlo —respondió Esteban.

—El gusto fue mío, Esteban. Tomaré en cuenta su invitación y organizaré un viajecito al valle de Omate. Gracias por la amabilidad. ¡Hasta pronto! —respondió agradecido Andrés antes de despedirse.

—Chau, Esteban —le dijo Norma.

—Adiós, Normi. Vendré en la siguiente oportunidad con un poco de tiempo —prometió Esteban al alejarse.

Apenas Esteban se fue, Andrés se acercó a Norma para hacerle algunas preguntas.

—Así que tienes tu admirador, ¿eh? ¿Y qué fue de Prieto? Sé que está trabajando como secretario de Fiscalía en Ica. ¿Tuvieron que separarse? —preguntó Andrés con curiosidad—. Esteban me cae bien, hermana, no me malinterpretes; pero no pensé que olvidarías tan rápido al doctor —agregó.

—¿Qué estás diciendo, Andrés? ¡Por favor! Esteban es solo un amigo y se lo dejé claro desde el principio. Mi relación con Daniel sigue adelante. De hecho, él pedirá mi mano en su próxima visita. Será mejor que estés preparado, ya que harás el papel de papá en su ausencia. Debes entender que no tengo ojos para nadie más.

—Está bien, Normita. No te preocupes. Solo quería aprovechar tu amistad con Esteban para hacer un paseo a Omate. Es un lugar hermoso cerca del río, con muchos atractivos, como los volcanes y los campos de cultivo de maíz. Imagino que incluso debe haber un lugar para hospedarnos —dijo Andrés, intentando suavizar la situación.

—¿Quieres sacar ventaja de él cuando solo quiso ser amable? Pobre Esteban... Bueno, vamos a casa, que se está haciendo tarde —respondió Norma resignada.

XIV
En carrera

La situación política en Moquegua seguía sin cambios. Las ideas marxistas relacionadas con la explotación del campesinado y los agricultores seguían siendo alimentadas. Los ánimos estaban caldeados y se vivían persecuciones políticas. Las ideas de José Carlos Mariátegui habían dejado semillas en las mentes de los pensadores moqueguanos, en especial en los lugareños de Sánchez Cerro. A partir de ello, buscaban la descentralización de los poderes del Estado peruano, tratando de difundir esas ideas entre el pueblo. Eran tiempos difíciles en los que los alcaldes eran designados por los presidentes de turno y, por lo tanto, manipulados. En aquellos años, el cargo fue ocupado por el doctor David Cornejo, que también fue diputado por la provincia de Sánchez Cerro.

Durante ese período, una de las profesiones más prometedoras era la de Derecho, ya fuera para seguir una carrera en el Ministerio Público o en el Poder Judicial o para defender los procesos civiles de la época, para algunos representaba también la oportunidad de ejercer cargos públicos o involucrarse en la política. Esta última opción se mostraba como una alternativa lucrativa para aquellos ambiciosos que deseaban obtener poder, aunque también se consideraba arriesgada para los insensatos.

Daniel Prieto estaba en pleno desarrollo de su carrera. Era un joven con grandes expectativas para los cargos del Ministerio y su objetivo era destacar por su propio mérito a través del trabajo que realizaba. Era reconocido por ser pulcro, eficiente y tener principios jurídicos claros.

—Buenas tardes, doctor Prieto. ¿Sería posible conversar con usted antes de que se retire? Le tenemos muy buenas noticias —indicó el fiscal.

—Por supuesto, doctor Andía. Enseguida culmino este escrito para luego pasar por su oficina —respondió Daniel algo emocionado.

Llegado el momento, los fiscales de turno se reunieron con Prieto. Su destacado desempeño generó muy buenas reacciones entre ellos y mostraron interés en impulsar su carrera. Para lograrlo, le sugirieron seguir un curso en la magistratura, lo que implicaba tomar el curso de Magistrados en Lima y luego regresar a Ica después de las evaluaciones, con la posibilidad de que algún día pueda ser nombrado fiscal superior en el futuro. Esta oportunidad sonaba prometedora. A pesar de que sentía nostalgia por estar lejos de Normi y tener que posponer sus planes de matrimonio, Prieto no dudó ni un momento en asumir ese nuevo desafío. Sabía que las oportunidades en el Poder Judicial eran únicas. Había planeado unos días de descanso para organizar sus cosas, conversar con Normi —ya se le ocurriría algo— y luego partir hacia la capital. Así se dieron las circunstancias y así debía ser.

XV
El cumpleaños

Era el sábado 7 de agosto de 1948 y Esteban estaba a punto de cumplir veintidós años. Quería celebrar y tenía motivos de sobra para hacerlo. A pesar de su corta edad, había logrado el éxito en varios emprendimientos. Tenía su negocio de venta de semillas y una ferretería en la que ofrecía herramientas, había obtenido la concesión para vender cerveza y ocupaba el cargo de jefe de rentas en la municipalidad de Sánchez Cerro. No podía estar mejor.

Para la celebración, invitó al alcalde, a sus vecinos y amigos, a Maritza, a sus padres, a sus tíos y a todos aquellos que, de una forma u otra, dependían de él: trabajadores y ayudantes. Contrató los servicios de su comadre Rosa para preparar un delicioso cordero asado, mientras que doña Clotilde se encargó de preparar una sabrosa lawita de maíz. Además, tenía preparados macerados y chichita de q'ora, además de cerveza, para brindar a sus invitados.

Los invitados fueron llegando poco a poco desde el mediodía. La casa de Esteban se llenó de alegría. Comieron, bebieron y bailaron hasta altas horas de la noche. Muchos tuvieron que acomodarse para descansar y esperar al amanecer para retirarse. Entre ellos se encontraban Maritza y sus padres. Esteban tomó como un cumplido poder hospedarlos en su casa.

Una vez que todos los invitados se fueron y los huéspedes estuvieron acomodados, Esteban se dirigió a su habitación para descansar. Estaba a punto de cambiarse para dormir cuando escuchó un golpe suave en la puerta. Lo tomó por sorpresa, pero decidió ignorarlo. Sin embargo, el golpe se repitió. Con el candelero en la mano y sintiéndose un poco nervioso, abrió la puerta.

Estaba parado frente a la puerta con su ropa de dormir, mirando afuera sin ver a nadie, pero de repente, una mano agarró su brazo. Esto lo sorprendió tanto que soltó una interjección:

—¡Huay! Chica, ¡me asustaste! ¿Qué haces aquí? ¿Tus padres se encuentran bien? —preguntó.

—Ellos descansan de forma plácida, Esteban, la que no puede dormir soy yo. ¿Me tendrás aquí en la puerta? Está haciendo frío. ¿Prefieres que me vaya? —respondió ella, decidida.

—Pero claro, pasa. Disculpa que no guarde el orden. Aquí siguen las cosas que tuvimos que mover para hacer espacio en el comedor. Tengo por acá una banquita. Siéntate, por favor.

Sin embargo, ella no se sentó en aquella banca, sino en la cama de Esteban. Él, con cierta timidez, se vio obligado a sentarse allí. La miró y se percató de que también estaba solamente en ropa interior y cubierta con una bata de tela. Esto lo puso algo nervioso, ya que su experiencia inocente en asuntos amorosos era escasa. Apenas conservaba algunos recuerdos de juegos con las niñas de su escuela durante aquellos años; pero esta vez era diferente, ya tenía la edad adecuada, inclusive para formar una familia o tener una novia, al igual que muchos de sus amigos y conocidos. Aunque sentía atracción por Maritza desde aquel pequeño beso que se habían dado, nunca se atrevió a insinuar o proponerle una relación.

—Esteban ¿por qué te sientas allí? Puedes venir a mi lado, no te haré nada —prometió Maritza con una risita—. ¡Ni que no nos conociéramos! Al contrario, ¿te queda algo del macerado que preparaste? Digo, para poder calentarme un poquito, ya que el frío se está intensificando.

Esteban había bebido moderadamente, pero se mantenía lúcido. Sin embargo, no sabía si Maritza se encontraba sobria o si también había tomado algo. No parecía estar ebria, lo que le alegró en parte, ya que significaba que estaba allí, en pleno uso de sus facultades, había decidido dar ese paso y aventurarse al ir a su habitación.

—Sí, claro. Justo aquí tengo una botella con ese anisado del valle de Najar. Creo que está por aquí... Sí, aquí está la copita, pero solo tengo una. Tendremos que compartirla —dijo, le sirvió media copa y se la dio—. Salud, señorita Maritza Peña —agregó sonriendo.

—Salud, don Esteban Torres —respondió ella decidida, luego tomó la copa y se la bebió de un solo trago—. Mmm, es fuerte pero muy agradable. Ahora te toca a ti.

Esteban hizo lo mismo y sintió que su pecho se calentaba por el alcohol. Esto lo animó. Al volver a servirse, notó que Maritza se había recostado. En medio de una lucha interna sobre si era correcto o no, Esteban se acercó a ella. Las hormonas y el efecto del alcohol aceleraron sus impulsos, y la dama giró su cuerpo hacia él, abrazándolo mientras le susurraba al oído:

—Feliz cumpleaños, Esteban. Aquí está tu obsequio.

Ella comenzó a besarlo en los pómulos y luego en la frente. Con mucha delicadeza, acercó sus labios a los de él. Esteban, correspondiendo a sus gestos, también la acarició. Poco a poco, sus manos tocaron sus pechos, luego bajó su boca para besarlos. Ella se sentía inmersa en el placer. Continuaron soltando las prendas, ella le preguntaba si él la quería de verdad. En medio de esa euforia, Esteban respondía de manera afirmativa a todo lo que ella le preguntaba, confirmando lo que ella quería escuchar.

Después de algunos momentos intensos llenos de caricias, ambos se encontraban desnudos en la cama. Decidieron ceder por completo a la pasión. Él sintió sus muslos rozar los suyos, luego los acarició con las manos y subió poco a poco hasta llegar a su entrepierna. Acarició con suavidad su vellosidad púbica. Ella, al sentirlo, agarró la mano de Esteban y la colocó aún más adentro. Sus dedos sintieron la humedad que se generaba, y al llegar a la abertura de donde brotaba, se aventuró a introducir su dedo medio. Ella sintió crecer aún más aquella felicidad y placer. Parecía lamentarse, pero era solo una expresión del placer del momento tan sublime que vivía. Nunca pensó que tanta dicha podría darse.

Él notó la dureza de su órgano, y casi en sincronía, lograron acomodarse para estar más unidos. Ella percibió su ingreso en esa su caverna húmeda y caliente, y de forma instintiva, comenzaron a moverse más. Ambos jadearon y sudaron por algunos minutos. Entonces, cuando ya no cabía más dicha, sintieron la culminación en un estallido de sensaciones nunca imaginadas.

Luego de un pequeño lapso, Esteban sintió remordimiento por sus acciones y se preocupó por la posibilidad de algunas consecuencias no planeadas, en especial por un posible embarazo en tan linda mujer. No estaba seguro de amarla como a una pareja, así que solo pudo articular unas palabras.

—Bueno, Maritzita, será mejor que te cambies y vayas al cuarto donde están tus padres. Si despiertan y no te encuentran, se pueden preocupar.

—¡Ay, Esteban! Te amo. Esto que nos pasó me confirma este sentimiento. No quisiera irme, pero creo que tienes razón —aceptó. Se cambió deprisa, se le acercó y le dio un beso en los labios—. Hasta mañana, amor.

—Hasta más tarde, Maritza. Supongo que ya son horas de la madrugada —le respondió él con frialdad.

XVI
Doña Flora

Flora Navarro era la madre de Norma y sus nueve hermanos. Originaria de San Cristóbal, creció en un entorno rural marcado por dificultades económicas. Sin embargo, sus padres eran propietarios de una hacienda de más de doce hectáreas, lo que les permitió brindarles a ella y a sus tres hermanos las mejores condiciones posibles, dadas las circunstancias. Fueron educados de manera adecuada dentro de los límites de horario y presupuesto disponibles.

En aquella época, el papel asignado a las hijas se limitaba al sometimiento y la obediencia a sus padres, con la expectativa de que fueran desposadas, en general por conveniencias económicas. No obstante, el mundo estaba experimentando cambios significativos. Con el paso del tiempo, el terreno familiar dejó de producir como se esperaba y esta situación se agravó debido a los conflictos sociales imperantes en esos tiempos.

Don Oscar Navarro y doña María González Bravo se preocuparon por el futuro de su familia en medio de las dificultades. Bajo la presión de tales circunstancias, tomaron la decisión de trasladarse a Moquegua, dejando la hacienda bajo el cuidado de Jaime Rivero, primo de Oscar. Por fortuna, gracias a esas buenas amistades que habían cultivado, lograron vender una parte considerable de sus tierras, alrededor de ocho hectáreas. Esto les proporcionó el capital suficiente para adquirir una vivienda en

Moquegua, en específico, una quinta en Samegua de Mariscal Nieto, ubicada cerca del templo de la plazoleta.

Sus buenas relaciones en la sociedad moqueguana hicieron que Oscar consiguiera un trabajo como capataz en una de las haciendas de la familia Garibaldi. Esto le brindó la estabilidad necesaria para mantener a su esposa y sus cuatro hijos. Durante los años siguientes, experimentaron momentos prósperos.

Por otro lado, los tres hermanos de Flora, llamados Abel, José y Pedro, tomaron la decisión de regresar a su tierra natal. Con las habilidades adquiridas de su padre en ganadería y agricultura, obtuvieron un capital y retomaron el control de las hectáreas restantes en la hacienda de San Cristóbal. No se sentían satisfechos con la vida en Moquegua y se percibían poco valorados en el ámbito laboral. Al contar con tierras propias que podían ser aprovechadas en su hacienda, tomaron la valiente determinación de regresar a su lugar de origen.

Flora, siendo la hija menor, solía acompañar a su madre en las tareas domésticas. Oscar había emprendido mejoras en la quinta, habían establecido un pequeño huerto y estaban en proceso de construcción de habitaciones diseñadas para cada miembro de la familia. Durante una reunión en la hacienda, Claudio Baquedano, uno de los superiores de Oscar, presentó a su hijo mayor, César, quien era el consentido de su madre, doña Leonor. En esa ocasión, César quedó cautivado por la presencia de Flora y de inmediato expresó su interés en formalizar una relación con ella. Los padres de César dieron su aprobación y expresaron su parecer a Oscar y María, quienes estuvieron de acuerdo. Sin embargo, no se tomaron el tiempo para consultar a la verdadera involucrada en este asunto, que era Flora.

Flora recibió la visita de César Baquedano, y con la inocencia propia de las jóvenes de principios del siglo XX, intentó corresponder a las atenciones de César. Sin embargo, a pesar de sus buenas intenciones, Flora no sentía ningún tipo de afecto por él y cortó de inmediato cualquier intención que él pudiera tener. Oscar y María reprendieron a Flora por su falta de cortesía hacia un joven que mostraba las mejores intenciones con ella. Con el tiempo, Flora comprendió el papel que se esperaba de ella en ese juego de cortejo y al final aceptó la propuesta de César.

Realizaron los arreglos necesarios y se casaron el 28 de agosto de 1915.

César carecía de ambición y habilidades para el trabajo en la tierra. Su madre deseaba que ingresara a la escuela de Medicina, pero él tenía tan poco interés como capacidad. Después de casarse, se mudó a casa de Flora y sus suegros, y dependía de la pensión que su padre le daba de mala gana, debido a su falta de iniciativa para generar ingresos por sí mismo. Este solía encontrar trabajos, pero era tan poco perseverante que los abandonaba pronto. Eso sí, César era muy propenso a la bebida y a tener relaciones con otras mujeres.

Por otro lado, Flora aprendía cada vez más habilidades domésticas. Era una excelente cocinera y se dedicaba al bordado, así que vendía sus trabajos a pedido. Aprendió a leer muy bien y disfrutaba cuando don Claudio le obsequiaba un libro. César disfrutaba del sexo con su esposa sin preocuparse por si ella también lo disfrutaba ni por el momento o el estado en el que ella se encontrara.

De toda su relación, tuvieron diez hijos. César veía a Flora como un objeto a su disposición, no mostraba interés por su bienestar ni el de su familia. Sin embargo, ella poco a poco ganó confianza a medida que sus hijos crecían. Maduró con cada actitud de César y le perdió el miedo. También notaba su profunda miseria humana. Su dedicación al juego, al alcohol y a las mujeres era evidente y no dejaba lugar a dudas. Cada vez que presenciaba su comportamiento, Flora se sentía más decepcionada y desilusionada por la falta de compromiso y responsabilidad de su esposo hacia su familia.

Cuando los padres de Flora fallecieron, ella se quedó con su familia en la casa de Samegua. César recibió su herencia, que luego vendió a sus hermanos. Flora utilizó parte de ese dinero para terminar la construcción de la casa, que ahora estaba adecuada para toda la familia. Con la partida de sus padres, César se sintió vulnerable. Flora ya no le permitía entrar si llegaba borracho e incluso sus hijos la protegían. Al final, la determinación de Flora y el apoyo de sus hijos produjo el desalojo de César. Este se llevó todas sus cosas para asegurar que no habría razón para su regreso y no se atrevió a volver.

Flora quedó con un profundo resentimiento hacia los hombres, a excepción de sus hijos, a quienes adoraba. La forma en que educó a sus hijas fue hostil, les enseñó que ningún hombre valía la pena. Su trato severo causó traumas en la vida de algunas de sus hijas. Clara fue un claro ejemplo, pues experimentó un deterioro cognitivo y quedó un poco desconectada de todo. Elena desarrolló comportamientos obsesivos, mientras que Pilar heredó el temperamento de Flora, mostrando la misma dureza. Ruth se comprometió en una relación, pero nunca pudo casarse. Norma era la que deseaba abandonar el hogar lo antes posible, por ello intentó llevar sus relaciones de manera adecuada.

XVII
La petición

A Norma le preocupaba lo que los demás pudieran pensar, en especial sus hermanos, con quienes había conversado acerca de su compromiso. No veía la hora de que llegara su pedida de mano. La fecha acordada con Daniel Prieto para que cumpliera su palabra y hablara con su familia se estaba acercando. Norma sabía que él la amaba, pero necesitaban dar el siguiente paso juntos.

Después de unos días de tensa espera, por fin acordaron la visita a casa de la madre de Norma. Ambos se prepararon con nerviosismo y expectación, conocían la importancia de ese encuentro. Sabían que debían ser respetuosos y claros en su intención de comprometerse de manera oficial.

Se encontraron unas cuadras antes de llegar a la casa de la madre.

—Te ves más linda que nunca, Normi —dijo Dani, mirándola con admiración.

—Gracias, Dani, tú también estás muy guapo —respondió Norma con una sonrisa—. Será mejor que nos apuremos, mi madre no espera a nadie —agregó, consciente de la puntualidad que su madre esperaba.

—Sí, tienes razón —asintió Daniel—. Espero que esté de buen humor mi futura suegra, no quiero generarle una mala impresión.

Ambos comprendían la importancia de tener un buen primer encuentro y establecer una conexión positiva con la madre de Norma.

—¡Qué dices, Daniel Prieto! Tú no provocas una mala impresión en nadie, y menos ahora que serás nombrado en el ministerio, ¿verdad? —lo tranquilizó Norma.

—Justo de eso tenemos que hablar, Normi —dijo Daniel con cierta intriga.

—¿Pasó algo con tu carrera? ¿Todo está bien, Daniel? —preguntó Norma.

—Sí, por supuesto. Muy bien, diría yo, pero hablaremos después del almuerzo, ¿te parece? Como dices, tu madre no espera, y hoy pido tu mano, mi amor —le recordó Daniel.

Llegaron a tiempo y se llevó a cabo todo el protocolo de saludo y presentación al flamante pretendiente de Norma, el doctor Prieto. Flora, la madre de Norma, no mostró mucha impresión y se mantuvo reservada en sus expresiones. Los hermanos de Norma, en su mayoría, se mostraron corteses, excepto Andrés, el hermano mayor, quien actuaba con cautela y frialdad. Cada miembro de la familia tomó su lugar, con Flora en la cabecera de la mesa y Andrés en el otro extremo. Los espacios laterales se llenaron deprisa con el resto de la familia, a excepción de Ruth, que no pudo asistir, pues vivía con su pareja en la hacienda San Antonio, en el otro extremo del pueblo.

La reunión transcurrió con relativa tranquilidad, con conversaciones limitadas entre los distintos lados de la mesa. Sin embargo, en un momento dado, Flora elevó la voz y lanzó una pregunta al aire, interrumpiendo el silencio que había dominado el ambiente:

—Cuénteme, Daniel, ¿hace cuánto tiempo corteja a mi hija Norma?

—Bueno, doña Florita, han sido seis meses de cortejo y más de dos años de relación, aunque con pocos encuentros, debido a nuestras ocupadas agendas. Además, he estado culminando mi carrera de Derecho —respondió Daniel, tomando la iniciativa para dar una respuesta clara a la pregunta planteada por Flora.

—Ah, ¿sí? Entonces usted será abogado —amplió la cuestión Flora.

—Así es, doña Flora. Quiero contarle también que he completado todos los requisitos necesarios para obtener mi título y ahora me encuentro trabajando en la fiscalía provincial de Ica. Debido a mis responsabilidades laborales, nuestros encuentros fueron breves y fugaces —se anticipó Daniel, generando así una mayor expectativa e interés por parte de la familia de Norma.

—Entonces, ¿hoy en día usted labora en Ica? —volvió a preguntar Flora.

Al ver el rostro de su futura suegra más relajado y con signos de mayor aprobación, Daniel respondió con confianza:

—Así es, doña Flora. Soy natural de allí y espero que pronto me puedan trasladar a la fiscalía de Moquegua, para poder construir mi vida junto a su hija.

—Bien, Daniel. Reciba mis felicitaciones por sus logros, pero, por favor, sigamos con el almuerzo antes de que se enfríe —sentenció Flora, poniendo fin a las preguntas.

—Sí, gracias. Permítame felicitar a la persona que tuvo un exquisito gusto al elegir el menú. Estoy disfrutando de estas deliciosas viandas —concluyó Daniel, saboreando cada bocado con satisfacción.

—Sí, bueno... —dijo Flora, riendo—. Le agradezco su cumplido, porque soy yo la responsable.

Terminado el almuerzo, Andrés y sus hermanos invitaron a Daniel a la sala para tomar un aperitivo. Tenían un cañazo macerado de Potreros Curahuasi con hierbabuena y manzanilla.

Sirvieron las copas y las alzaron para brindar. Andrés, con un toque de irreverencia, dijo:

—Bueno, quiero que sepas, doctor Daniel, que Normita es mi hermana preferida y puedo imaginar uno de los motivos de tu visita. No seré quien se oponga; al contrario, quiero decirte que serás un miembro más de la familia Baquedano Navarro. ¡Salud!

Todos brindaron, chocando sus copas, en honor a Daniel y a su futura unión con la familia.

—Quiero agradecerte, Andrés, por tus palabras. Para mí es muy importante que la familia de Norma apruebe nuestra relación y creo que ha llegado el momento de pedir la presencia de doña Flora —dijo Daniel, decidido. Sintió que era el momento oportuno para cumplir con el compromiso que debía asumir.

—Enseguida la llamo —se ofreció Carlos, el hermano menor.

Con toda la familia reunida en la sala de la casa de Samegua, Flora se acomodó en el sillón principal, con la espalda erguida y sosteniendo una taza de té de anís entre sus manos. Daniel se levantó y tomó la palabra.

—Antes que nada, quiero expresar mi profundo agradecimiento por esta generosa invitación. Ahora quiero pedirle a Norma que se acerque a mi lado —expresó Daniel con voz serena y emocionada.

De inmediato, Norma se aproximó y se colocó junto a Daniel. Se creó un momento de cercanía y complicidad entre ellos en presencia de toda la familia.

—Discúlpenme por mi nerviosismo. Me gustaría contarles un poco de nuestra historia. Hace tres años, me encontraba por completo enfocado en mis estudios en Arequipa, con pocas cosas más en las que pensar, siguiendo el plan que tracé con mis padres para mi futuro. Fue entonces, gracias a una llamada a un familiar que vivía aquí en Moquegua, que escuché la voz más dulce que había oído en mi vida. Era una operadora de la compañía telefónica. En aquel momento no sabía quién era, pero bastó con imaginarlo para quitarme el sueño. Y fíjense en lo curioso de las casualidades de la vida: cuando ya estaba por Moquegua, llegando a casa de este familiar, vi pasar a dos señoritas. Si no me equivoco, eran Norma y Elenita, ¿verdad?

—Sí, todavía me acuerdo —respondió Elena entre risas.

—Tuve el atrevimiento de acercarme a ellas e interrumpir su conversación para preguntarles por la dirección que buscaba. Ellas, muy amables, me dieron la referencia. En ese momento me presenté con la formalidad del caso. Fui correspondido por ellas con un cordial «Mucho gusto, me llamo Norma, y ella es mi hermana, Lena. Un gusto, Daniel».

»Recuerdo que les pedí por favor de que me permitieran acompañarlas para poder ser su amigo. A tanta insistencia de mi parte, accedieron con amabilidad. Así comenzamos con las esperas en la esquina de la plazoleta de Santo Domingo. Le pedí a Norma que me permitiera cortejarla, ya que era una joven no solo hermosa, sino también de una finura y nobleza que jamás había visto. Norma no cedió de inmediato, y tuve que ser paciente y comprensivo —agregó Daniel, riendo—. Pero valió la pena. Han pasado más de dos años y tengo la fortuna de contar con la compañía de esta maravillosa dama.

»Y ahora le pido a usted, doña Flora, y a Andrés que me permitan desposar a Norma.

Elena lagrimeó de emoción, Norma se encontraba emocionada y nerviosa. Sus otras hermanas susurraban entre ellas. Luego de un momento, Flora pidió silencio para dar la respuesta.

—Veo que eres una persona correcta, Daniel. Espero no equivocarme, pero me parece que eres la persona ideal para mi hija. Por ello, tienes mi consentimiento y el de mi hijo Andrés para casarte con Norma. De manera oficial, estarían comprometidos. Ahora, cuéntame, ¿cuándo tienes planeado organizar la boda y la ceremonia? —preguntó Flora con curiosidad.

—Bueno, doña Flora, espero hacerlo lo más pronto posible. Necesito organizar algunas cosas con mi trabajo y obtener los permisos necesarios para ausentarme el tiempo suficiente para la boda y el establecimiento de nuestro nuevo hogar. Agradezco su gentileza, doña Florita —respondió Daniel.

—Está bien, mantennos informados, por favor, para hacer los preparativos. ¡Salud! —Flora levantó su taza y los jóvenes elevaron sus copas en una venia de cortesía.

Norma se sintió feliz por lo que había sucedido.

XVIII
Buenos amigos

El comportamiento de Esteban en los días posteriores a su reunión fue normal. No mostró un mayor interés en buscar a Maritza ni tampoco envió ninguna señal que indicara que estaban en una relación. Por otro lado, ella se encontraba nerviosa y emocionada por aquel fin de semana, ya que esperaba que, después de lo ocurrido entre ellos, se convirtieran en algo más que amigos. En esta época, las relaciones solían ser formales o debían formalizarse.

El viernes por la tarde, Maritza decidió visitar el negocio de Esteban. Al verla, él le hizo una venia, pero no se acercó. Ella le pidió un momento para conversar y él fue amable y accedió. Tras un breve saludo, la joven abordó el tema que le preocupaba.

—¿Y qué somos ahora, entonces? —preguntó algo molesta.

—Pues somos dos muy buenos amigos, Maritzita, y quiero que sepas que te aprecio mucho. Eres una dama muy hermosa y no te faltarán pretendientes, ya sea aquí o en Moquegua. Yo soy un provinciano más al que le fue bien en los negocios, pero no quiero vivir atormentado por un sentimiento que en realidad no profeso por ti. Permíteme disculparme, esa noche estábamos emocionados y animados por la bebida, lo que pudo influir en nuestras acciones —respondió Esteban con mucha cortesía.

—¡Qué duro eres conmigo! Te odio y no quiero ser tu amiga. Me entregué pensando que mi cariño era recíproco. Pudiste decírmelo antes. No sabes cómo me siento. ¿Crees que voy por la vida acostándome con quien me atrae? Me buscaste hasta en casa de mi tía, ¿ahora qué les diré a mis padres? No sé qué voy a hacer. Te odio, espero que nunca pases por este dolor que me estás haciendo sentir —respondió Maritza con tristeza y lágrimas desconsoladas, expresando su sentir.

Esteban se sintió afligido al no poder corresponder ese sincero amor que ella le tenía. Sin embargo, era un hombre que enfrentaba los problemas en lugar de rehuirlos y valoraba el cariño que tenía por ella. Creyó que entendería que no sería bueno para ninguno de los dos tener una relación no correspondida.

Pero las personas no son objetos a los que se puede manipular a voluntad. Tienen emociones que responden a sus recuerdos y difieren en gran medida de lo que uno cree poder prever. Ahora él se encontraba expuesto a una posible enemistad no solo con Maritza, sino también con su familia. Lamentó su falta de firmeza en la noche de su cumpleaños y la consecuencia que presentaba en su situación actual.

—Bueno, Maritzita, me tengo que ir. Espero poder hacer algo que compense esta aflicción tuya. Pasará el tiempo y me olvidarás, no lo dudes. Alguien mucho mejor llegará a tu vida. Créeme, no soy la gran cosa. Espero que lo puedas entender. Discúlpame, pero ahora debo salir —le dijo Esteban, intentando terminar la conversación

Ella, aún afectada, le pidió que no se fuera.

—Espera, por favor. No te vayas todavía. Lamento haberte hablado así. Ven, acércate y dame un abrazo de despedida. Creo que merezco eso, ¿verdad?

—Claro que sí —respondió él, y se acercó a ella para abrazarla.

—No me dejes, por favor —le pidió ella, sollozando.

—No lo estoy haciendo. Tú sabes dónde vivo y nuestros padres se conocen. No tengo planes de irme del valle. Mi afecto por ti,

Maritzita, es genuino, pero no puedo fingir una pasión que no existe. Sería perjudicial para ambos y solo causaría más dolor. No hay deshonra en lo que ocurrió entre nosotros, fue un momento especial y hermoso. Sin embargo, debemos mantenerlo así. No debes sentirte mal al respecto. Siempre me tendrás como alguien que te apoyará como un hermano y amigo —intentó consolarla.

—¿Tendré que conformarme con eso? Yo te amo, eres el hombre perfecto para mí —exclamó, y volvieron a brotarle lágrimas—. Discúlpame, soy una llorona, pero debo soltarte. Tienes razón, mi forma de actuar hace parecer esto como un capricho, y quiero lo mejor para ti, aunque no sea a mi lado. Gracias, Teban, por esos momentos que quedarán en mi memoria. Espero que en algún momento pueda verte solo como un gran amigo. Descuida, en unos días me sentiré mejor. Si se te hace tarde, ve, por favor. No quiero ser el motivo de tu demora. Hasta pronto, Esteban —se despidió Maritza, resignada.

—Hasta que nos volvamos a ver, Maritzita —respondió él.

Ella se quedó triste y pensativa. Había hecho muchos planes con Esteban. Imaginó una boda en el templo con la bendición de la Virgen del Carmen, pensó en tener hijos, pero de repente sintió miedo. «Dios mío, ¿y si estoy embarazada? Sería lo último que necesitaría en este momento. No podría obligar a Esteban a quedarse conmigo solo por tener un hijo suyo», reflexionó. Recordó la noche que pasaron juntos y lamentó no haber considerado la posibilidad de un embarazo. Calculó que faltaban unos días para su período y comenzó a estresarse. «Será mejor que no piense en eso», se dijo a sí misma. También le preocupó la forma en que enfrentaría una situación así frente a su familia. Con la cabeza gacha y sumida en sus pensamientos, caminó hacia la casa de sus padres.

Por su parte, Esteban descendía del cerro que atravesaba el camino de Carumas a Omate mientras meditaba. Consideraba que las circunstancias podían ser diferentes si no fuera por Norma. Se planteó la posibilidad de enamorarse de Maritza, pero comprendió que en asuntos del corazón no tenemos control, actuamos de formas impredecibles, no siempre haciendo lo que más nos conviene, sino lo que más nos gusta. Al llegar al local donde vendía las semillas en la calle Ancash, su prima se le acercó con prisa y le susurró:

—Tienes visita.

—¿Visita?, ¿yo? ¿Un sábado? —dijo algo sorprendido, y antes de ingresar al local, le preguntó—: ¿Y quién es? ¿Lo conoces?

—No lo sé —respondió Juanita, levantando los hombros—. Me indica que es un señor de Moquegua, dice que se llama Andrés y que tú alguna vez lo invitaste. Creo que fue la vez que visitaste a su hermana al trabajo.

—¿Andrés? ¡Ah, por supuesto! Claro, es el hermano mayor de Norma. No pensé que me visitaría tan pronto. Gracias, Juanita, ¿por qué no vas a descansar ahora? Yo me encargo —dijo, calmado.

Juanita entró para sacar algunas cosas e irse.

—Hasta luego, caballero —se despidió.

—Adiós, Juanita. Un gusto conocerte —respondió Andrés con cortesía.

—Hola, don Andrés, ¡qué gusto que se haya animado a visitarme! Espero tenerlo por aquí algunos días —saludó Esteban al acercarse y estrecharle la mano.

—Gracias, Esteban. Te comento que estoy de visita con una comitiva organizada por el Ministerio de Agricultura, institución en la que ahora estoy laborando. Debo acompañarlos en un trabajo de empadronamiento y... bueno, mis compañeros se están quedando en unas tiendas de campaña, recordé tu ofrecimiento y me animé a venir aquí. Espero que me disculpes por aparecer así, de repente —dijo Andrés, algo avergonzado.

—¡Qué ocurrencia, don Andrés! Ha tomado la mejor decisión. Pase, por favor. Enseguida le diré a Lucrecia que nos prepare algo para comer. Debe estar hambriento. Mientras tanto, le mostraré la habitación donde puede quedarse el tiempo que necesite —dijo Esteban, recibiendo a Andrés con gran hospitalidad.

—Gracias, Esteban, ¡qué gentil eres! Disculpa mi curiosidad, ¿Lucrecia es tu esposa? —preguntó Andrés para ahorrarse luego algún comentario desatinado.

—No, don Andrés, ¡qué dice! —respondió Esteban, riendo—. Ella es mi ahijada, que me ayuda en las labores de la casa y cocina muy bien, ya probará su sazón.

Se sentaron en el comedor y Esteban le sirvió un vaso con agua. Andrés lo bebió de forma precipitada y pidió otro vaso, entonces empezaron a conversar.

—¿Y cómo se encuentra Norma, don Andrés? —preguntó Esteban para aumentar la confianza.

—¡Ay, mi hermanita! —respondió Andrés de inmediato—. Te cuento que se comprometió el sábado pasado. Su novio, el doctor Daniel Prieto, vino a pedir su mano y mi madre aceptó encantada. Es un hombre prometedor, además de que está involucrado en el poder judicial. Solo les falta acordar la fecha para su compromiso.

Esteban se sintió consternado con la noticia y no supo disimular la mezcla de enfado y desilusión. Permaneció en silencio, sumido en sus pensamientos, sin pronunciar una sola palabra. En ese momento, Lucrecia ingresó al comedor con dos platos de sopa de calabaza con carne y los colocó frente a cada comensal. Andrés abrió los ojos, muy emocionado, pues tenía mucha hambre, y no le prestó mayor atención al rostro de Esteban.

—Pero bueno, sírvase, por favor, don Andrés —dijo Esteban, despertando como de un sueño. Agradeciendo y sin dudarlo, Andrés empezó a devorar su plato.

Esteban se mantuvo en silencio mientras daba vueltas a su sopa, preguntándose cómo en un solo día había experimentado tanto dolor y era responsable de causárselo a otra persona. Durante toda la comida, permaneció callado. Cuando Andrés terminó de comer, le ofrecieron más y aceptó. Esto trajo cierta calma al ambiente. Conversaron sobre otros temas durante alrededor una hora y luego cada uno se retiró a descansar. Esteban había tenido un día complicado, confirmando el dicho: «Buena suerte en los negocios, mala suerte en el amor». ¡Caray!

XIX
Prioridades

Daniel era considerado un joven con un futuro prometedor. Sus padres, don Augusto Prieto y doña Blanca Guzmán, estaban orgullosos de su responsabilidad tanto en sus estudios como en los asuntos del hogar. Ya que don Augusto se dedicaba por completo a su carrera de abogado en lugar de trabajar en la hacienda familiar, decidió ceder todas las tierras que le correspondían en Ica a sus hermanos, por lo que quedaron para ellos solo dos propiedades en el centro de la ciudad.

A pesar de esto, la familia nunca experimentó escasez, pues don Augusto era un abogado talentoso, reconocido por su ingenio en los litigios. Él creía en el Derecho como la mejor herramienta para equilibrar la justicia social y defendía causas de grupos indígenas, comunidades campesinas y otros grupos vulnerables. También fue un defensor eficaz en casos de hacendados correctos frente a los abusos del poder ejecutivo de la época. Su reputación creció entre las élites de Ica, Moquegua, Arequipa y Lima.

Daniel siguió los pasos de su padre en el campo del Derecho. Era hijo único, debido a las dificultades de concepción de doña Blanca, que tuvo a Daniel a una edad madura (después de los treinta años), así que fue considerado un milagro y una bendición. Sus padres siempre apoyaron su desarrollo académico y, más tarde, su carrera profesional. Cuando se enteraron de su relación con Norma Baquedano, una moqueguana de buena familia, lo recibieron con optimismo, respaldando las decisiones de su hijo, que siempre los mantuvo informados. Ellos se encontraban entre Moquegua, donde tenían algunas propiedades, e Ica, donde normalmente vivían. Ahora Daniel estaba a punto de tomar una de las decisiones más importantes de su vida y buscaba recibir la bendición de sus padres.

Tras escuchar a Daniel, Blanca tomó la palabra con afecto:

—Dani, sabes cuánto te queremos y lo orgullosos que estamos de todos tus logros. Nos alegró mucho tu decisión de comprometerte con Norma, creemos que es una buena muchacha. Sin embargo, hijo mío, sabemos cómo será tu carrera en la escuela de la Magistratura. Si tu objetivo es ascender en el escalafón, requerirá un tiempo considerable. Por eso, quisiéramos pedirte que pospongas este compromiso. Con esto nos referimos al matrimonio acordado. Podría ser luego de que hayas logrado tus metas profesionales.

Daniel, que se mostraba consternado, respondió a su madre:

—Pero, madre, había planeado hacer todas esas cosas con Norma a mi lado. Incluso pensamos en irnos a vivir juntos a la capital mientras estudio y trabajo. Ya he pedido su mano a su familia y ellos aceptaron de buena manera. ¿Qué le diré ahora a Norma y a su familia? ¿Que me esperen más de dos años?

—Hijo —intervino su padre—, como buen abogado, debes aprender a separar las cosas. Tienes un futuro brillante y quizás estás frente a una oportunidad aún mayor que la que yo tuve en su momento. Si Norma es la mujer que amas y crees que es la adecuada para ti, entonces te esperará. Debemos aprender a controlar nuestras emociones y tomar decisiones basadas en la razón y en nuestras metas a largo plazo.

—No lo sé, papá —respondió Daniel con sinceridad—. Norma estaba ilusionada, y yo también. Además, si estoy en la capital, ¿cuándo podré venir a visitarla? ¿En un año, o incluso más? Es una situación complicada.

—Hijo, sabes que queremos lo mejor para ti —aseguró su madre con cariño—. Cuando regreses, cumplirás veinticinco años y esa es una edad del todo adecuada para un matrimonio. Te pedimos que no te apresures, por favor. No queremos verte resentido ni con Norma ni con nosotros por falta de paciencia. Queremos asegurarnos de que tomes la mejor decisión y que ambos estén listos para dar ese paso importante en sus vidas.

—Bien, papá, mamá —dijo el muchacho con determinación—, creo que tienen razón. Esta tarde me reuniré con Norma y conversaremos sobre todo ello. Espero que pueda entenderme. Debo empezar a preparar mis cosas para el viaje. Siempre cuento con su bendición en todas mis decisiones —afirmó. Daniel finalizó la conversación decidido a afrontar la situación y buscar la mejor solución para todos.

—Dios te bendiga, Daniel —le respondieron sus padres.

Norma y Daniel se volvieron a encontrar en la oficina de don Augusto y la pasión volvió a encenderse entre ellos. Hicieron el amor de nuevo, esta vez el mismo hecho de estar comprometidos mitigó en cierta medida su sentimiento de culpa. Luego, mientras estaban abrazados en el sillón, Daniel decidió compartir con Norma la conversación que había tenido con sus padres. Al escuchar sus palabras, Norma no pudo creerlo. Se sintió molesta y, sin decir nada, cambió de actitud. Se alejó de Daniel, se vistió deprisa y se sentó en la silla del escritorio, mostrando su descontento y su necesidad de procesar lo que acababa de oír.

Tras reflexionar, Norma por fin le habló a Daniel con sinceridad.

—¿Y tú qué les dijiste? Ellos ya saben que te has comprometido de manera formal con mi familia. Ahora imagínate tener que esperar tanto tiempo, Dani. No lo soportaría y no te lo perdonaría si decides hacerlo así —aseguró. Sus palabras reflejaban su frustración y temor ante la posibilidad de posponer su compromiso y tener que esperar más tiempo para casarse.

—Solo serán dos años y medio, Normi, nada cambiará del plan inicial, solo la ubicación. Por favor, trata de comprenderme —respondió Daniel con suavidad, buscando tranquilizarla—. Estoy pensando en nuestro futuro, en construir una vida estable juntos. Solo se trata de posponer. Ten en cuenta que no hay otra mujer en mi vida. Quiero que estemos mejor preparados antes de dar este paso tan importante. Te pido paciencia y confianza en mí, en que esto será lo mejor para ambos —afirmó, intentando convencer a Norma de que esa decisión era para asegurar un futuro sólido para su relación.

—¿Quieres decir que ya has tomado una decisión? ¿Sin tener en cuenta mis sentimientos? —preguntó Norma con la voz entrecortada por las lágrimas que comenzaron a brotar con amargura. Su angustia era evidente en cada palabra pronunciada.

—Sí, Normi. No podría casarme sin la bendición de mis padres —respondió Daniel con serenidad—. Ellos son muy importantes para mí y los respeto profundamente. Quiero que comprendas que esta decisión no es fácil para ninguno de los dos, pero considero que es lo correcto en este momento.

—¿Y a mí? ¿A mí me respetas, Daniel? Acabamos de hacer el amor, hasta podría estar embarazada, ¿y me dejarás aquí, cuando ya tenía no solo la ilusión, sino la convicción de que me convertiría en la señora de Prieto? No, Daniel. Debes continuar tu carrera, como bien dice tu madre, pero yo no puedo ofrecerte esperar por tanto tiempo. Sé que te quiero, pero lo que me pides me parte el corazón y no podría vivir así —expresó Norma.

—Norma, no esperaba esa reacción de tu parte. Me da mucha pena que no seas capaz de sacrificarte un poco. Para mí tampoco será sencillo —se lamentó Daniel.

—¿Sencillo? Para ustedes los varones todo resulta más simple. Claro, tú te vas, estarás en la capital, no dudo de que aprovecharás tus estudios, pero ¿no tendrás vida social, acaso? ¿No conocerás a otra gente? ¿A otras jóvenes? Y, desde luego, mientras tanto tendrás la seguridad de que aquí te espera tu prometida, soñando con que regresarás y seremos felices, como las novias de los soldados que van a la guerra. No creo que las cosas resulten así. Yo no sería un estorbo en tu vida ni en tu carrera, sería tu compañera y socia, pero parece que no lo ves así. ¡Qué pena! —exclamó Norma.

—¡Qué ingrata, Norma! Me entristece oírte —replicó Daniel.

—Adiós, Daniel Prieto —se despidió Norma con su orgullo herido pero con determinación—. Espero que puedas tomar decisiones más acertadas, pensando en ambos. Te quiero.

Con los ojos llenos de lágrimas, abandonó la oficina. Se encontraba sumida en un torbellino de emociones y se preguntaba qué haría ante tales circunstancias. Lo primero que necesitaba era calmarse y disimular su llanto para evitar preguntas incómodas al llegar a casa. Pensó que él iría por ella, pero no lo hizo.

ʊ3ʊ

Ahora nos encontramos frente a dos relaciones que no terminaron de la mejor manera. Por un lado, Norma rechazó la propuesta de Daniel. ¿Fue acaso por temor a que él le fuera infiel y ella sufriera las consecuencias? ¿No tenía suficiente confianza en él? ¿O quizás ese miedo ya existía dentro de ella y solo se manifestó durante su conversación y la decisión que tomó bajo la influencia de sus padres? Norma quedó angustiada y, a pesar de que creyó hasta el final que Daniel cambiaría de opinión y regresarían, se casarían y seguirían con el plan que habían trazado juntos, en el fondo sufría la separación traumática de sus padres.

Su padre había sido una persona inestable, agresiva en el ámbito verbal y, en ocasiones, también en el físico. Durante un tiempo, su madre estuvo sometida a esta situación, hasta que por fin asumió la responsabilidad y expulsó a su padre de sus vidas. A partir de entonces, Norma y sus hermanos se convirtieron en el centro de atención de su madre, quien se encargó de mantener el hogar y menospreció a cualquier pretendiente que no cumpliera ciertos requisitos de su juicio y estándares. Todo ese trasfondo emocional y las experiencias pasadas se encontraban en la información que Norma llevaba consigo, y la sumían en una melancolía que le resultaba difícil controlar.

Por otro lado, tenemos a Esteban, que a menudo se sentía indigno del cariño de las personas, incluyendo a Maritza. A pesar de su aparente confianza en sí mismo, los recientes eventos solo alimentaban una profunda inseguridad en su interior, ¿verdad? Como resultado, se castigaba a sí mismo, negándose el disfrute de todas las cosas buenas que le estaban sucediendo. Además, hemos presenciado las heridas emocionales profundas que Esteban había sufrido a lo largo de su corta vida, lo que le impidió aprender a amar y recibir amor. Parecía jugar en su contra, ya que amaba con intensidad a Norma, aunque ella no correspondiera a sus sentimientos. ¿Seguir insistiendo motivaría una relación que no le convendría? ¿O acaso los hilos de la vida estaban escritos de esa manera? En definitiva, la sensatez y la frialdad están ausentes a la hora de tomar decisiones en asuntos del amor.

Esteban, sin darse cuenta, se dejaba llevar por la fascinación que Norma ejercía sobre él, lo que eclipsaba cualquier otra posible relación que pudiera ser más conveniente. Tal vez era su innegable atractivo físico, su elegancia natural o la sensación de estar flotando en las nubes cada vez que compartían una conversación. Estos encantos de Norma le impedían percibir a las demás jóvenes, ya que la veía a ella como un conjunto perfecto e irresistible.

Por otro lado, Norma se encontraba saliendo de una relación dolorosa. Se preguntaba si debía adentrarse en otra relación solo para superar el dolor de la anterior. Tal vez estaría dispuesta a conformarse con migajas de afecto, cualquier cosa que le permitiera minimizar esos recuerdos que, en condiciones normales, le indicarían que una nueva relación no le convendría.

Las circunstancias parecían favorables para ambos.

¿De aquella relación fugaz entre Esteban y Maritza aún quedaba alguna posibilidad? Solo si esta dejaba algún fruto. Ese día, ella sintió un cálido flujo en su entrepierna. Al ir al baño, descubrió con alivio que se trataba de su período menstrual. Esto calmó la tensión que sentía por la posibilidad de haber quedado embarazada tras aquella noche apasionada en la que se entregó por completo a Esteban, el amor de su vida. Con los paños que llevaba en su bolso para estas ocasiones, se limpió sin manchar su falda. Salió del baño con tranquilidad, suspirando entre sentimientos de vergüenza y serenidad al saber que ya no había ninguna conexión entre ellos. Decidió seguir adelante con su vida y los planes que tenía antes de reencontrarse con Esteban Torres.

—Bueno, ¿en qué estábamos? —preguntó cuando se unió de nuevo a la charla con sus compañeros. Todos se miraron y estallaron en risas, pues ya habían terminado su trabajo.

Por su lado, Norma llevaba más de una semana sin que le llegara el período, lo que despertó sospechas en su mente. Daniel ya se había ido y no habían hablado desde entonces. Su cabeza estaba dispersa debido a la distracción constante y, además, estaba recibiendo llamadas de atención de su superior en el ministerio. La única persona en quien Norma confiaba a plenitud y que conocía todos los detalles era su hermana, Elena. Esta última le insistía en que diera el primer paso y retomara la comunicación con Daniel.

—De ninguna manera, Elena —le respondió Norma con determinación—. Él ya ha tomado su decisión y es mejor así. Por favor, no volvamos a hablar del tema.

—Pero ¿qué pasa si estás embarazada? ¿Has pensado en quién asumirá la paternidad del bebé? —preguntó Elena, tratando de persuadirla.

—Por favor, no digas eso. No estoy embarazada. Mi período solo está retrasado una semana, y ya estoy sintiendo las molestias que le anteceden —aseguró Norma.

—Bueno, esperemos que sea así, hermana —concedió Elena, optando por no presionarla más en el tema.

Pasó un mes, ella no menstruó. Norma esperaba un bebé.

XX
Embarazo

Daniel Prieto no volvió a comunicarse con Norma, que ya llevaba un mes de embarazo. En ninguna circunstancia estaba dispuesta a considerar el aborto como una opción, a pesar de que era un secreto que se haría evidente en poco tiempo. La única persona que estaba al tanto de la situación era su hermana, Elena, pero, al igual que Norma, no sabía cuál era la mejor decisión para ella en ese momento.

De repente, a Elena se le ocurrió algo y le preguntó:

—Dime, Normi, ¿qué pasó con ese joven que solía visitarte en el trabajo? ¿Sigue haciéndolo? No recuerdo su nombre...

—¡Esteban! Sí, nos vimos la semana pasada. Sin embargo, en el último tiempo no me habla como antes. Supongo que tendrá sus propios problemas, pero ¿por qué la pregunta ahora, hermana? —inquirió Norma.

—¡Cierto! Es que, según lo que me contabas, es un chico que te tiene mucho aprecio, tanto así que se conformó solo con tu amistad, a pesar de que tenía un interés romántico mucho más que evidente hacia ti —comentó Elena.

—Sí, claro, pero no entiendo adónde quieres llegar —respondió Norma, confundida.

—¿Por qué no consideras aceptar su cortejo y salir con él? Después podrías contarle lo que ha sucedido y ver hasta qué punto estaría dispuesto a sacrificarse por tu amor —sugirió Elena.

—Estás loca, Lena. Sería manipular la buena intención de Esteban, ¡y él es una persona tan buena! Resultaría muy cruel de mi parte hacer algo así —exclamó Norma, rechazando la idea.

—No lo sé, ¿qué alternativa tienes? Pronto tu barriga empezará a notarse. ¿Has pensado en lo que dirán mamá y nuestros hermanos acerca de todo esto? Por supuesto, también tienes la opción de hablar con Prieto y pedirle que se haga responsable, que se casen y formen una familia, como corresponde —planteó Elena.

—Ni hablar, esa alternativa es imposible. Después de nuestra conversación, las cosas quedaron claras para mí. Además, ¿qué dirían sus padres si le arruinara la vida a su hijito y truncara su carrera? Me verían como una aprovechada. No, Lena, eso es algo que no podría soportar. Mi dignidad vale mucho más —aseguró Norma, reafirmando su postura y priorizando su integridad.

—¿Tu dignidad o tu orgullo? Tal vez sea mejor que lo pienses, porque no veo muchas opciones disponibles, hermana —replicó Elena, reflexionando sobre las circunstancias y la falta de alternativas claras para Norma.

—Sí, tienes razón, hermana. Lo que pasa es que me siento frustrada por encontrarme en esta situación. Yo amaba a Daniel; es más, creo que aún lo amo. Es por eso que hice todo lo que hice, y ahora mira en lo que estoy. Él ni siquiera se despidió. En ese momento, podría haberle dicho algo, pero su madre le aconsejó terminar su carrera y continuar con la magistratura como prioridad. Creo que me he librado de una suegra complicada —ironizó—. Bueno, ya pensaré en algo, pero puedo asegurarte, Leni, que mi bebé no tendrá ninguna carencia, ni siquiera la paterna —expresó Norma con determinación.

—Así se habla, hermana —respondió Elena.

XXI
La propuesta

Esteban llegó a la compañía de teléfonos y vio a Norma. Sus miradas se cruzaron y, con un suspiro apenas perceptible, él le hizo una venia. Ella le devolvió el saludo con una sonrisa. Esteban solicitó la llamada a otra operadora mientras se enfrentaba a la complicada situación de retraso en las remesas de mercaderías debido al paro agrario. Tenía pedidos sin entregar y sus clientes necesitaban las semillas con urgencia. Sin embargo, lo que más le molestaba era saber que Norma ya estaba comprometida y que no había tenido la oportunidad de demostrarle su amor.

Al salir, notó que Norma ya no estaba en su puesto. Miró a su alrededor, pero no la encontró. Eso lo entristeció aún más y abandonó la tienda de telefonía.

Mientras caminaba, alguien le tocó el brazo y le dijo:

—¡Espera! ¿Por qué tan apurado, Esteban?

—Normita, discúlpame. Pensé que te habías ido —respondió desconcertado.

—Bueno, sí. Ya estaba retirándome. Me adelanté porque me sentí un poco mal, pero ya me encuentro mejor —aseguró Norma.

—¡Qué bueno! La verdad, siempre es agradable verte. Esta vez no pude coincidir con tu ventana de atención —se lamentó Esteban.

—Descuida, Esteban, está bien, pero cuéntame por qué desde hace un tiempo te distanciaste. Creo que éramos amigos. ¿Hice algo, acaso, que te incomodara? —preguntó Norma con amabilidad.

«Pero claro, te comprometiste y quedé fuera con tanta ilusión que tenía», pensó Esteban, luego le dijo:

—No, ¿cómo crees, Normi? Es solo que estos paros e insurrecciones atrasan el movimiento de la mercadería y generan descontento en la gente, en especial mis clientes.

—Pero sabes que aquí es muy común que ocurran esas situaciones en las que las personas no se comportan de acuerdo con las directrices del gobierno. ¿En realidad es eso lo que te incomoda?, ¿o hay algo más? —indagó Norma—. Recuerda que somos amigos.

Esteban se sintió desconcertado por la inusual apertura de Norma en la conversación. Ella siempre había sido reservada con él, pero parecía haberse transformado en otra persona. Esteban disfrutó de ese momento de conexión, algo nuevo en su amistad.

—Claro que no, Normi, solo es eso —afirmó—. Más bien, me enteré de que te has comprometido formalmente, tal como lo esperabas, ¡felicidades! Espero que podamos mantener nuestra amistad, aunque entiendo que puede ser delicado que una dama comprometida y casada tenga un amigo cercano aparte de su esposo.

«¿Y quién le habrá podido contar? ¡Qué indiscreción! », pensó Norma. Para aligerar la conversación, que, de seguir en ese tema, se volvería incómoda, eligió responder con algo de humor:

—¡Qué gracioso eres! Así de rápido vuelan las noticias por Moquegua —se rio—. Bueno, sí, el compromiso duró hasta hace unas semanas...

—¿Quiere decir que ya te casaste? —inquirió Esteban con temor.

—¡No, Esteban! Desistí del compromiso —aclaró Norma—. De hecho, ahora no tengo ninguna relación con Daniel. Terminamos. Sé que puede parecer un escándalo, pero las decisiones valen por su oportunidad, ¿no crees?

Por un momento, Esteban se sintió el hombre más dichoso del planeta. Aunque intentó disimular su alegría, su cambio de expresión era evidente.

—¡Pero por supuesto, Normi! —respondió con entusiasmo—. Sabes que no es ninguna novedad el cariño que te tengo, y lo que acabas de decirme me brinda una oportunidad para conquistar tu corazón. No sabes cuánto me alegra esta buena noticia.

Mientras caminaban y conversaban, se acercaban cada vez más a la casa de Norma. Esteban asumió que estaba autorizado a cortejarla, pero antes de que pudiera dar un paso más, Norma lo interrumpió con amabilidad:

—Ah, ¿sí?, pero aún no hemos formalizado nada entre nosotros. Para eso, debemos hablar primero, Esteban. Ya será otro día, porque ya estamos llegando a la casa de mi madre.

—Claro, Normi. ¿Te parece si mañana, sábado, conversamos? —propuso Esteban con cierta expresión de timidez y vergüenza.

—Me parece bien. Estaré en la plazoleta a las nueve, en la banca del lado superior izquierdo. Espero que seas puntual —respondió Norma para evitar prolongar la espera paciente de Esteban.

—¡Cuenta con ello, Normi! Estaré allí —prometió Esteban con entusiasmo.

Al llegar a casa, Norma se sentía afligida por lo que estaba a punto de hacer. Al final, estaba optando por seguir la sugerencia de su hermana Elena. Sin embargo, se preguntaba si Esteban se vería muy afectado al descubrir que esperaba un hijo de Prieto.

No sabía si él la aceptaría a pesar de ello o si, por el contrario, se alejaría y construiría una vida lejos de una dama tan complicada como ella. Al entrar, su madre Flora le habló para preguntar sobre la fecha del matrimonio:

—¿Daniel ya ha decidido la fecha de la boda?

—No, madre —respondió Norma sin dar mayor aclaración.

—¿No? ¿Y cuándo lo sabremos? ¿No te comentó nada? —inquirió Flora con cierto enfado, porque había pasado ya más de un mes.

Norma no quería entrar en detalles, pero sentía que su madre debía conocer que el compromiso con Daniel se había cancelado. Con cautela, le aclaró:

—Las cosas cambiaron, madre. Ya no habrá boda. Daniel y yo hemos terminado y él se marchó para concluir sus cursos de Magistratura y demás.

—¿Qué estás diciendo, Norma? ¿Después de toda esa formalidad y los comunicados que realizamos sobre tu próximo compromiso, ahora me dices, como si nada, que ya no habrá boda? ¿Acaso te estás burlando de mí? —recriminó su madre. Era evidente que estaba molesta y confundida.

—No, madre, por supuesto que no me estoy burlando de ti. Lamento mucho todo este altercado. Es una situación que también me atormenta. Pero no había forma de seguir adelante. Sus padres lo persuadieron para que se enfocara en su carrera y pospusiera cualquier compromiso que no estuviera relacionado con eso, incluyendo nuestra boda. Créeme, todavía estoy dolida, pero la vida debe continuar —dijo Norma, tratando de tranquilizarla.

—¡Ay, Norma! Yo pensé que él era un buen partido, de verdad lo creí. Al final, como siempre digo, ningún hombre vale la pena, salvo mis hijos, por supuesto —respondió Flora, ya más calmada, expresando su desilusión respecto a la situación.

—Sí, madre. Te agradezco por comprenderme —concluyó aliviada Norma.

Flora se retiró muy molesta y decidió llamar a Augusto para contarle lo sucedido. Poco después, se unieron los hermanos, quienes también se molestaron con Norma. Uno de ellos incluso se atrevió a insinuar que ella había ahuyentado a un hombre tan bueno como Daniel Prieto, mientras que ella optó por guardar silencio, sin decir ni una palabra.

Por su parte, Esteban se dio cuenta de que no sería posible regresar a Omate, debido al tiempo que tomaría el viaje, así que decidió hospedarse en un alojamiento en Moquegua, pues la situación lo requería. No quería correr el riesgo de llegar tarde a la cita que podría cambiar el curso de su vida. Compró algunas prendas en el bazar para asegurarse de estar limpio y descansó con tranquilidad esa noche. Lo que había comenzado como un día desafortunado se convirtió en el mejor día de su vida.

Al día siguiente, Esteban se arregló de forma meticulosa y se vistió con las prendas nuevas que había adquirido. Salió de su hospedaje con tiempo suficiente para llegar a la plazoleta Samegua a las nueve de la mañana en punto, con lo que evitaba llegar demasiado temprano o demasiado tarde. Mientras esperaba, la inquietud se apoderó de él. Surgieron numerosas preguntas en su mente: ¿qué le diría Norma? ¿Qué significaba en realidad esa cita para ella? ¿Habría cambiado de opinión y se arrepentiría de haber aceptado ir? La espera se prolongaba y el tiempo transcurría sin que Norma apareciera. Pensamientos de si se estaría burlando de él afloraron en su cabeza. Sin embargo, de repente, escuchó que le hablaban:

—Veo que eres puntual en tus citas, Esteban. Buenos días —saludó Norma con una sonrisa.

—¡Buenos días, Normi! Pues claro que sí. En definitiva, la situación lo ameritaba, ¿no lo crees? —respondió Esteban con entusiasmo.

—¡Así es, por supuesto! Ahora bien, ¿me permites sentarme a tu lado? —preguntó Norma con amabilidad.

—Claro, Normi. Será un honor para mí —contestó Esteban, mostrando su alegría y aceptando gustoso su propuesta.

Norma, sentada a su lado, respiró profundo y comenzó a hablar:

—Bien, primero quiero agradecerte por estar aquí. Sé que eso demuestra tu interés por mí, y aprecio ese gesto. Segundo, me gustaría saber cuáles serían tus intenciones conmigo. Como bien creo que sabes, ambos estamos en una etapa de nuestras vidas en la que el tiempo es valioso y no podemos permitirnos desperdiciarlo. Por eso, es fundamental tener claridad y honestidad en nuestras expectativas.

Esteban, un tanto sorprendido por la iniciativa y franqueza de Norma, le respondió con sinceridad:

—¿Mis intenciones? Normi, desde que te vi, no pude sacarte de mi cabeza. No solo es tu belleza la que me conmueve, es tu trato, la dulzura con la que dices las cosas. Para mí significa un sueño poder estar aquí contigo, estoy dispuesto a todo para hacerte feliz.

»Dispongo de los medios para iniciar contigo una relación con toda la formalidad y compromiso que ello requiera. Espero que eso sea suficiente para contar con tu consentimiento.

—Sí, claro, Esteban, pero antes de seguir adelante, hay algo que debo contarte. Esto podría cambiar todos los sentimientos que tienes por mí —dijo Norma con seriedad.

—No importa lo que te haya sucedido, Normi. Te amo y eso no cambiará —aseguró Esteban, demostrando su compromiso.

—Entonces, ¿qué me dirías si te confieso que estoy esperando un hijo y que no tengo intención de abandonarlo ni dejarlo a cargo de alguien más? —continuó Norma, buscando honestidad en su respuesta.

Esteban tragó saliva, se quedó pensativo y en silencio durante un momento. Luego, miró a Norma con determinación y sintió que la quería aún más. Tomó su mano con suavidad y le dijo:

—Eso no cambia nada, Normi. Seré el padre de esa criatura. Si alguien tuvo la osadía de dejarte, ellos perdieron, créeme. Asumiré la paternidad con amor y lo cuidaré como si fuera mi propio hijo. No me importa nada más, Normi —Esteban pausó un instante, buscando la mirada de Norma, y continuó—: Veo que esto puede generarte dificultades con tu familia, pero permíteme pedir tu mano y casémonos lo más pronto posible. Quiero estar a tu lado y apoyarte en todo momento. ¿Qué te parece?

—Gracias, Esteban —le dijo Normi, empezando a sollozar.

Esa misma tarde, Norma decidió presentar a Esteban a su madre y sus hermanos. Andrés, que ya lo conocía y lo apreciaba, estaba a su lado y trató de suavizar cualquier posible antipatía de los demás ante su futuro cuñado. En efecto, sus hermanos y su madre miraron con desdén y mostraron cierta reticencia hacia el nuevo novio de Norma.

Andrés aprovechó el momento para hablar con su madre sobre la prosperidad y el prestigio de Esteban en Sánchez Cerro. Resaltó sus logros para disipar cualquier prejuicio que pudiera existir. Quería asegurarse de que Flora, su madre, comprendiera lo especial que era Esteban y la felicidad que podría brindarle a Norma.

ଓଃଝ

A pesar de las miradas desaprobadoras, Norma y Esteban continuaron con sus planes. Decidieron fijar la fecha de la boda para el 7 de agosto, que coincidía con el cumpleaños de Norma. Era un regalo especial de Dios, una ocasión perfecta para celebrar su amor y recibir el regalo más grande que les había dado: estar juntos para siempre.

El tiempo pasaba y Norma ya llevaba siete meses de embarazo y su secreto se limitaba a Lena y Esteban. Ni siquiera Daniel Prieto sabía sobre el embarazo que habría cambiado todos sus planes. Enfrentar esta situación se había convertido en el mayor propósito de la existencia de Norma. Sentía una gran tristeza por el sacrificio que Esteban estaba haciendo al aceptar a un hijo que no era suyo y a veces también se veía consumida por una profunda culpa.

Debido a su fuerte religiosidad, asistía a las celebraciones matutinas de misa casi todos los días de la semana. Estas comenzaban a las seis de la madrugada en la capilla de Samegua. De alguna manera, encontraba consuelo y liberación de su culpa en estos rituales, aunque se sentía incapaz de confesarlo en el confesionario al sacerdote. Había aprendido a sobrellevarlo y Esteban había demostrado un comportamiento ejemplar frente a la situación.

Asumió su papel de padre de una manera tan natural y dedicada que nadie podría pensar por un momento que el hijo que esperaba Norma no era biológicamente suyo. Además, le prometió que el niño o niña nunca sentiría la diferencia entre él y su verdadero padre biológico. Esto tranquilizaba a Norma y la hacía sentir un amor aún más profundo por Esteban, aunque nunca podría igualar la pasión que sentía por Daniel. Pasaba sus días hablándole a su vientre, asumiendo que su wawa podía escucharla. Le recordaba lo bendecida que se sentía de tenerlo y la criatura en su vientre se movía cada vez que escuchaba la voz de su madre. Ahora era enero de 1950, el comienzo de una década llena de cambios significativos en la vida de Esteban y, por supuesto, de Norma.

XXII
Nacimiento de Rubén

Daniel Prieto intentaba no pensar en Norma. Aún la amaba y le costaba aceptar que ella no había sido capaz de esperarlo para construir una vida juntos después de culminar sus aspiraciones profesionales. Se sentía defraudado por su actitud, hasta cierto punto. Para distraer sus sentimientos, se dedicaba por completo al dominio de las materias estudiadas en la academia de la magistratura. Era uno de los abogados más brillantes de su promoción y tenía un futuro muy prometedor, incluso si no llegaba a ejercer su carrera en el ámbito público.

Sin embargo, el derecho a la paternidad le había sido negado por el orgullo de su amada. Norma había hecho prometer a Elena y Esteban que nunca revelarían esa verdad, bajo ninguna circunstancia, y así lo habían hecho.

El tiempo transcurrió sin mayores contratiempos. Esteban dio un mayor impulso a sus negocios y su amistad con el alcalde le impedía dejar su empleo. Aunque tenía una licencia sin goce de sueldo, debido a sus nuevas responsabilidades en el hogar, no podía permitirse presumir de suficiencia. Su deseo era brindar a su familia todas las comodidades que él mismo no había tenido.

Al principio, la joven pareja se instaló en la casa de uno de los tíos de Esteban, ubicada en la calle Tacna, en Moquegua. Llegado el momento, Norma experimentó contracciones y la partera, la señora Gloria, acudió para ayudarla. Gloria le enseñó ejercicios de respiración para que pujara y diera a luz al bebé.

Norma, que nunca había experimentado un dolor de esa naturaleza, se quejaba debido a la dificultad de contener la respiración. Con valentía, sostuvo la mano de Gloria y se esforzó al máximo. Al final, el bebé nació y ella gritó de alegría. El llanto del recién nacido se hizo escuchar y confirmaron que se trataba de un varón. Gloria lo secó y lo colocó al lado de su madre. Norma comenzó a llorar, emocionada. El bebé era de tez blanca como la nieve, con cabello claro y escaso. Norma le habló con cariño al pequeño, que se encontraba tranquilo y reconfortado por el calor de la piel materna.

—Hijito lindo, has llegado a mi vida para darle la dirección que necesitaba. Llegas a un hogar formado con un padre bondadoso que te amará mucho. Y lo mejor es que aún soy joven, serás el recuerdo de esta etapa de mi vida. Te llamarás Rubén.

Esteban se encontraba realizando actividades de distribución de hojas de orégano en Moquegua, ya que allí vivía su amada. Gracias a sus habilidades comerciales, podía involucrarse en cualquier negocio. Después del nacimiento de Rubén, Esteban decidió venderle sus negocios en Omate a su tío Federico por un precio muy modesto. El alcalde le permitió partir con estas palabras: «Donde está tu tesoro, allí está tu corazón, y aquí ya no está». Esteban agradeció la oportunidad y se trasladó a Moquegua junto a su familia. Les permitieron instalarse en la casa del tío Augusto.

Rubén era un bebé hermoso y se convirtió en la adoración de su madre y sus tías, Lena y Clara. Pasaban la mayor parte del tiempo en la habitación donde vivían los tres, en lugar de estar en la quinta de Samegua. A Esteban no le resultaba natural ser muy cariñoso con el bebé, pero hacía lo posible por mantener feliz a Norma. Su negocio de hojas de orégano prosperaba, lo que le permitió arrendar una habitación adicional y un espacio para recibir a familiares y amigos. Esteban acumuló un pequeño capital que iba creciendo de manera gradual.

Por otro lado, su tío Federico no estaba manejando bien los negocios en Omate y comenzó a pedirle préstamos de dinero a Esteban para evitar cerrar esas actividades que le habían brindado tantas satisfacciones en el pasado. Esteban accedía a prestarle dinero, pero le hacía firmar un cuadernillo para no olvidar esos egresos.

XXIII

¿Errores o pecados?

La intimidad entre Norma y Esteban solo quedó como un recuerdo de su noche de bodas, un episodio que, para ella en especial, no fue muy agradable. Después de vivir una relación apasionada con Daniel, le resultaba difícil disimular su falta de atracción física hacia su esposo. Cada vez que Esteban se insinuaba, Norma se excusaba aduciendo el embarazo y la maternidad, todo para evitar que él insistiera. Esteban sentía cada vez más la necesidad de satisfacer su impulso sexual, pero se mantenía firme en su papel de hombre religioso y respetuoso de las leyes de Dios. Aun así, a veces se decía a sí mismo: «¿Y qué hay de las leyes de la naturaleza?».

Con solo veinticuatro años, se encontraba en una etapa de la vida en la que esa energía sexual necesitaba ser canalizada, sobre todo al vivir y dormir con su esposa. Desde el nacimiento de Rubén, había pasado mucho tiempo sin intimidad, y eso estaba afectando su temperamento. La visita de las hermanas de Norma lo ponía inquieto, en particular Clara, quien lo admiraba cada vez que decía algo. Empezaron a congeniar más y a desarrollar una amistad más estrecha, lo que no ocurría con Lena, quien notaba ese detalle y estaba al tanto de la situación.

—Clara, ¿qué estabas haciendo ayer por la tarde mientras yo estaba con Normi y el bebé? —preguntó Elena.

—Me quedé platicando con Esteban, ¿por qué? —respondió Clara.

—No es nada bueno que se den tanta confianza. Estoy viendo cómo te observa y, al fin y al cabo, él es un hombre. Deberías mantener más distancia con él, ¿no te parece? —increpó Elena.

—¡Ay, Lenita! Él es nuestro cuñado. Viene a ser como un hermano, ¿acaso lo olvidas? —dijo Clara para tranquilizarla.

—Por eso mismo, sé cautelosa, Clara. El diablo actúa siempre de manera disimulada —le advirtió Elena.

—¡Ay, hermana! Tú y el diablo —bromeó Clara para zanjar la conversación.

Una tarde de sábado, Lena no pudo ir a la casa de la calle Tacna, por lo que solo Clara acudió. Al llegar, brindó su apoyo en el cuidado del bebé, bañándolo y preparándole su sopita. Norma había salido para encontrarse con sus compañeras de trabajo, pues no había tenido la oportunidad de recibir sus felicitaciones y despedirse de ellas, dado que ya no trabajaba en la compañía de telefonía. Esteban entró en ese momento. Había tomado algunas copas de más y se alegró de ver a Clara.

—¡Clarita! ¡Qué bien luces hoy! —la elogió Esteban en un tono insolente.

—Silencio, Ban. Rubencito acaba de dormirse —le llamó la atención Clara.

—¡Uy, Rubencito! ¿Acaso ya está dormido? —preguntó Esteban, tapándose la boca.

—Sí, pero ¿qué estás haciendo? ¡Esteban, por favor! —exclamó Clara, tratando de detenerlo.

Esteban se había acercado a ella y comenzó a acariciarle el pelo. Le dio un beso en el rostro y tomó su mano. Clara quería detenerlo, pero cedió al deseo. Luego, él arrastró sus labios hacia los suyos y la besó. Ella también abrió sus labios y sintió su aliento a alcohol y café. Le agradó esa sensación. Poco a poco, las manos de él empezaron a acariciar otras partes de su cuerpo. Le subió la falda y sus manos se posaron en sus muslos. En ese momento, ella lo abrazó.

—¿Qué estamos haciendo, Ban? Por favor, esto no está nada bien —susurró Clara, intentando sostener sus manos y apartarse de él.

—Clara, pero sabes que te quiero —dijo Esteban, intentando justificar su comportamiento y continuar con sus acciones.

—Estás casado con mi hermana, esto no está bien... —insistió Clara en un pequeño arranque de cordura, recordándole la situación inapropiada en la que se encontraban.

—Sí, entiendo que quisieras que cambiara esto y que yo temiera arriesgarme, pero no lo haré. Ya han pasado siete meses desde que no toco a mi mujer. La maternidad la tiene distraída, ¡y tú me gustas tanto! Sé que es una locura, pero, Clarita, escucha bien tu corazón —continuó persuadiéndola Esteban.

—¡No, Esteban, por favor! ¡Dios mío! Te quiero —exclamó ella, dándose por vencida. La sensualidad de Clara había cedido ante los impulsos de su cuñado, y se dejó llevar por la situación.

Esteban sostuvo a Clara y la cargó para llevarla a la cama del dormitorio donde dormía con Norma. Terminó de subirle su falda, sintió su trusa húmeda y se excitó aún más. Él soltó deprisa los tirantes que sostenían su pantalón, luego lo bajó, junto a su ropa interior. La firmeza de su miembro encontró el camino por la entrepierna de su cuñada. Fue tan rápido e intenso que no hubo mucho movimiento.

Ella lo sintió tan dentro de sí que aquel pequeño dolor al inicio se disipó pronto. Entonces notó el calor de un fluido ingresar en su interior y desbordó de placer. Ella nunca había sentido algo parecido. Lo abrazó. Mientras estaban recostados, luego de finalizado su acto, oyeron bulla en la puerta de la casa. Asustados, procedieron a cambiarse de inmediato. Él se apresuró a la pileta para asearse. Al final, solo eran personas que pasaban por la calle. Ambos rieron y se tranquilizaron.

—Norma no debe enterarse de esto —le dijo Clara con seriedad, reconociendo la gravedad de lo que habían hecho.

—Ni ella ni nadie. Será nuestro secreto, cuñadita —respondió Esteban con sarcasmo. Sin embargo, la seriedad y el peso de la situación seguían presentes en sus mentes, a pesar de su intento por trivializarlo.

La pasión de Esteban encontraba calma en su cuñada, quien lo quería más que su propia esposa. Ambos aprovechaban esos momentos en los que reinaba la soledad en todos los rincones del domicilio y solo se oían los sonidos que el bebé Rubén producía en la casa de la calle Tacna.

Federico, el tío de Esteban, llevaba una vida por completo desordenada, lo que le impedía organizarse lo suficiente para obtener los resultados necesarios en sus negocios y mantener su estilo de vida. Gastaba más de lo que ingresaba, e incluso llegaba al extremo de pedirle dinero prestado a Esteban. Con el paso del tiempo, la situación se volvió cada vez más complicada, hasta que al final se produjo un encuentro inevitable.

—¿Cómo es posible que los negocios no estén rindiendo, tío? El saldo que me debes es excesivo y de verdad lo necesito. ¿Qué podemos hacer ahora? —le dijo Esteban a su tío en la sala de la casa ubicada en la avenida Tacna.

—Lo entiendo, Esteban. He intentado todas las estrategias posibles para revivir los negocios —aseguró, pero era del todo falso, porque gastaba todo lo que ingresaba, sin separar siquiera el capital—, pero no ha funcionado. Parece que lo que vendemos ya no es tan demandado como solía ser cuando tú estabas a cargo, y las ventas han caído de manera considerable. Lo peor de todo es que no tengo los fondos suficientes para pagarte. ¿Qué podemos hacer en esta situación? —preguntó su tío Federico.

—Si no tienes el dinero, la única opción que nos queda es que me devuelvas las tiendas. Yo me encargaré de reflotarlas —planteó Esteban como la única alternativa—. Necesito que mi familia tenga una vida digna, y aquí en Moquegua me está resultando un poco más difícil.

—Creo que así debería ser, Esteban. Es lamentable que ambos hayamos perdido dinero en esta inversión, pero debo cumplir con mis obligaciones y tu propuesta parece ser la mejor opción —aceptó Federico con un cierto tono de cinismo.

Ambos procedieron a firmar los documentos necesarios para transferir lo que quedaba de los negocios de Omate. Esteban conversó con Norma para planificar su traslado a Sánchez Cerro. Aunque no era su opción preferida, tampoco se sentía cómodo en la pequeña casa de la calle Tacna, donde solo ocupaban una habitación y un espacio destinado a cocina y comedor, si se podía llamar así.

La relación entre Esteban y Norma se volvió cada vez más distante. Norma ya no sentía ese amor de mujer por él (tal vez nunca lo sintió), y Esteban era consciente de ello. Además de que había tenido esa aventura con su hermana, se sentía perturbado por la situación en la que se encontraban. Aunque él la amaba de manera incondicional, ella sentía cariño y gratitud por él, pero lo rechazaba la mayoría de las veces en la intimidad. Esto llevó a que algunas tardes Esteban se quedara con sus amigos bebiendo unas copas. Esta actitud no ayudó en absoluto en la relación.

Una de aquellas tardes, Esteban, algo alterado por las copas que había bebido, entró a la casa y llamó:

—Normi, ¿dónde estás?

—Estoy aquí, Teban. ¿Qué pasa? Te veo alterado, hijo —así lo llamaba—. Dime qué pasó —pidió, preocupada.

—Te quiero, Normi. Sabes que eres la persona que más quiero en el mundo. ¿Qué debo hacer para que me quieras? —preguntó Teban con sinceridad.

—Teban, yo también te quiero. Dame tiempo. Rube aún es un bebé y no puedo pensar en otra cosa que no sea su cuidado —se excusó Normi.

—Sí, claro... Rube. ¿Y yo, Normi? Ya van a cumplirse más de ocho meses en los que no tenemos intimidad y te extraño en mi cama, mujer —se lamentó Esteban.

—Dame tiempo, por favor. Nunca te engañé, sabías que esto formaba parte de casarte conmigo. No pienso alejarme de ti, pero debo concentrarme en mis labores de mamá para madurar mis sentimientos. Ten calma —pidió Normi, buscando comprensión.

—Sí, tienes razón, Normi. Siempre la tienes —reconoció Esteban con un tono de arrepentimiento. La abrazó y la besó en la frente, luego se acomodó en su cuarto y se quedó dormido.

Al día siguiente del pequeño altercado, Clara, la hermana de Norma, llegó a Omate, como hacía a veces para apoyarlos en el cuidado del pequeño Rubén. Parecía haber subido de peso y todos los que la conocían le comentaban sobre el buen semblante que llevaba. Agradecía a todos por sus palabras mientras se dirigía a la casa de Normi y Esteban.

Al entrar, Clara se quitó el abrigo y se acercó a su hermana para abrazarla y besarla. Normi la observó con detenimiento y se percató de que su vientre había crecido de manera notable.

—Clara, hermana, es bueno verte. ¿Qué pasó? Siempre es bueno recibir tu visita, pero dime, ¿todo está bien? ¿Qué sucedió con tu vientre? Te noto subida de peso —comentó Normi, preocupada.

—Claro que sí, hermanita, todo está bien. Sabes que en casa se come demasiado, y creo que me he descontrolado un poco con la comida en estos últimos días —respondió Clara, intentando parecer sincera—. Vine a verlos, los extraño. ¿Dónde está Rubencito? —preguntó, cambiando de tema.

—Aquí está. Ven por aquí, está dormidito —invitó Normi, señalando al pequeño Rubén. Ambas hermanas se quedaron contemplando a Rubén mientras Clara suspiraba de ternura. Luego, Esteban llegó a casa, contento.

—Hola, Normita, ¿dónde estás? —llamó Esteban.

—Aquí, Teban. Mira quién vino a visitarnos desde Moquegua —respondió Normi, señalando a su hermana.

—Hola, Esteban. ¡Qué gusto me da verte después de tanto tiempo! —saludó Clara con una sonrisa.

—Clarita, ¡hola! Sí, nos vemos después de un tiempo. ¿Está todo bien por allá? —preguntó Esteban.

—Sí, por supuesto. Las cosas van como siempre. Mi madre sigue siendo exigente y melancólica, y mis hermanos la rodean y la consienten —replicó ella.

La incomodidad de Esteban no se hizo evidente, pero quedó pensativo. Después de cenar, acomodaron a Clara en el cuarto de invitados y se fueron a descansar.

Al día siguiente, Esteban se despertó temprano y fue a ver a Norma y a Rubencito para despedirse. Ambos aún estaban dormidos. Al salir de la habitación, vio a Clara en la cocina y tragó saliva antes de acercarse a ella.

—Clarita, buenos días. Despertaste temprano. ¿Cómo estás? —la saludó.

—Esteban, buenos días. Prepararé algo para que desayunes —respondió Clara

—No es necesario. Comeré algo en el camino, tengo prisa —declaró Esteban.

—Ah, ¿sí? ¿Adónde irás? ¿Tanto tiempo sin vernos y ya te vas? No sé si me quede por aquí el día de hoy —expresó Clara con cierta decepción.

—Sí, de veras. Discúlpame, por favor —se excusó Esteban, mostrándose apresurado.

—Espera, tengo que decirte algo —dijo Clara.

—¿No puede ser más tarde? De verdad que se me hace tarde —repitió Esteban, impaciente.

Clara reveló el verdadero motivo de su visita después de que Norma, Esteban y Rubén se mudaron a Omate. Aunque habían perdido el contacto con la familia durante algunos meses, los encuentros secretos con su cuñada habían dejado una profunda marca en la vida de Clara, y algo más.

—Esteban, estoy embarazada. Eres el único que no se dio cuenta del sobrepeso que llevo. Y no es solo sobrepeso, sino que llevo una wawa adentro y es tuya.

—¿Qué? ¡Caray! Justo ahora que estaba empezando a entenderme con Norma. Sabes que no puedo dejarla, ella es mi esposa. Puedo reconocer a la wawa que llevas y te aseguro que no les faltará nada —respondió Esteban, sorprendido y preocupado.

—Ah, ¿sí? ¿Ni el papá? —preguntó Clara, buscando una respuesta.

—Yo estaré para lo que necesiten, pero ya tengo una familia —afirmó Esteban, dejando en claro su situación.

Sin que se dieran cuenta, Norma había oído toda la conversación. Había despertado con sospechas de que algo estaba pasando y, con calma, se acercó a ellos sin causar ningún alboroto. Luego, los interrumpió diciendo:

—¿Qué pasó, Esteban? ¿Tan poco tiempo y no pudiste sostener tu lealtad? Y tú, hermana, ¿qué fue lo que hiciste? No puedo creer la situación en la que nos encontramos, pero sé cómo lo resolveremos. Las wawas no pueden sufrir las consecuencias de nuestras irresponsabilidades. Creo que lo mejor será que yo asuma el rol de mamá de esa criatura. Tú, Clara, no sabrías cómo explicarlo, y mamá no te lo perdonaría.

—Lo siento, Norma. Te fallé como hermana. Me apasioné por él y no medí las consecuencias. No sé si debo aceptar que asumas esa responsabilidad, porque yo quiero a esta wawita que crece en mis entrañas, pero no sé cómo afrontaría esto en casa con mamá y nuestros hermanos. Sería un tormento para ambos —dijo Clara, acongojada.

—No tienes alternativa, Clara. No podríamos dejar en un orfanato a una wawa con sus padres presentes. Sería algo imperdonable —insistió Norma, esta vez con tono más severo.

—Creo que Norma tiene razón, Clara. Perdóname, por favor, Normi. Estaba desesperado y falto de amor, y encontré cariño en brazos de Clarita. Hice mal, lo sé. No quiero justificarme, solo decir «lo siento» a ambas. Asumo mi responsabilidad y aceptaré la decisión que tomes. Espero que no sea lejos de mí, no lo soportaría —dijo Esteban en su intento de justificar su pasada acción.

—Tranquilo, Esteban. Entiendo lo que te hice pasar y esta es una consecuencia de mi actitud hacia ti también. Tengo algo de culpa en esto. Te perdono, los perdono a ambos —los calmó Norma, tomando el control de todo el suceso.

Había asumido de la mejor manera una situación que parecía muy compleja. Nadie imaginó que una madre a la que se le impide ejercer su maternidad podría caer en problemas emocionales y quizá mentales, también muy serios. Así, los meses pasaron. Eran los primeros meses de 1951.

Clara casi se mudó a Omate durante todo el tiempo de su embarazo. Nadie en Moquegua supo la verdad de la situación, ya que su excusa era «apoyar a su hermana en el cuidado de su hijo». Todos aceptaron esta explicación, incluyendo a su madre, Flora, y a sus hermanos. Norma actuaba con mucha frialdad con Clara. La trataba con desdén y le asignaba tareas domésticas como si fuera su trabajadora del hogar. Clara aceptaba estas responsabilidades con humildad, pues llevaba consigo la culpa de haber traicionado a su hermana.

Esteban evitaba entablar conversaciones con Clara más allá de lo necesario. Permitía que Norma dictara las reglas en casa y aceptaba sus caprichos. Era obvio que dormían en habitaciones separadas. Clara no tenía problemas con el embarazo, era una mujer robusta y sana, lo que le permitía sobrellevar la mayoría de las responsabilidades asignadas. Ya llevaba seis meses de embarazo y, aunque su vientre no había crecido mucho, ella sentía el peso adicional en sus movimientos, algo que no quería admitir.

La buena voluntad de Clara en todo lo que hacía provocó que tanto Esteban como Norma la aceptaran con cariño, dejando atrás las faltas que habían cometido. Comenzaron a desayunar juntos y los últimos meses de embarazo transcurrieron sin contratiempos.

A finales de septiembre, Clara sintió punzadas en el vientre. Al principio, pensó que eran cólicos causados por la comida, pero las punzadas se volvieron recurrentes. Fue a contarle a Norma lo que le estaba sucediendo y ella supo que ya eran las contracciones propias del cumplimiento del noveno mes, así que salió de inmediato para llamar a la partera. Luego de recostar a Clara en su cama, se aseguraron de que Rubencito estuviera acostado en su propia camita para no descuidarlo.

La partera, Gloria, y Norma ingresaron apresuradas a la casa. Luego vieron que Clara estaba sentada en la cama meciendo a Rubencito, quien lloraba. Le decía palabras de consuelo mientras se agarraba el vientre, respirando con cierta dificultad.

—Clara, recuéstate, por favor. Ya no puedes hacer ninguna actividad. Norma, por favor, tráeme un pocillo con agua caliente y algunos paños limpios que podamos usar para limpiar a la wawa cuando salga —indicó Gloria.

—Claro, por supuesto —respondió Norma.

Norma cargó a Rubén en su espalda con su manto y fue a la cocina para llevar todo lo que Gloria le había pedido. Regresó con el recipiente y algunos paños limpios que tenía.

—A ver, Clarita, necesito que te esfuerces y empujes. La wawa ya quiere salir —explicó Gloria.

En el tercer esfuerzo, Clara logró dar a luz a la criatura. El llanto se escuchó por toda la casa. Norma respiró aliviada y sonrió. Rubencito se mantuvo en silencio. Ahora, toda la atención se centraba en la recién nacida. Al entrar en la habitación, vieron a Clara con su bebé en el pecho. Gloria, la partera, estaba sentada al borde de la cama y les dijo:

—Felicidades, es una mujercita que unirá sus vidas —les dijo Gloria.

—Se llamará Flora, en honor a nuestra madre —anunció Clara.

—Sí, pero debería tener un nombre más —sugirió Norma.

—Entonces, será mi reina —indicó Clara—, mi reina Elizabeth.

La llamaron Flora Elizabeth y la registraron en el municipio de Sánchez Cerro con ese nombre. Esteban lloró al ver a su primera hija y se emocionó sobremanera. La tuvo en sus brazos. Norma, al verlo, sintió celos por la hija que él tenía. Sin embargo, no hizo nada inapropiado ni reaccionó delante de ellos. Guardó esos sentimientos en su corazón.

Desde entonces, Eli se convirtió en la consentida de su padre, al igual que Rubén lo era para su madre. Era una situación compleja, en apariencia estaban casados con dos hijos, pero ninguno de ellos era hijo biológico de la otra parte. Como pareja, no tuvieron la suficiente intimidad ni pasión —por el desinterés de Norma, la verdad— como para concebir un hijo de su unión. Ambos eran conscientes de la hipocresía en la que vivieron durante esos primeros años de matrimonio. Clara estaba por completo dedicada a su hija, la llevaba a todas partes en su espalda. Para ella, eso era la felicidad. Norma, por otro lado, no salía mucho, pero cuando lo hacía, era con Rubencito, quien ya tenía un año. Él también llenaba cualquier vacío o dolor que ella pudiera sentir.

XXIV
Elisita

La familia de Norma siempre era bienvenida y hacían visitas mensuales a Omate. Doña Flora era recibida y atendida con mucha cortesía por parte de Esteban, y sus hermanos tenían tanta confianza en él que incluso le hacían bromas. Durante una de esas charlas con su familia política, se escuchó:

—Oye, Esteban, ¿cómo es que uno de tus hijos es tan blanquito y rubio? —preguntó Augusto.

—Sí, Rubén no se parece en nada a ti —observó Marco.

Todos soltaron una carcajada, incluido Esteban, para evitar levantar sospechas.

—Tal vez Rubén heredó la belleza de su madre. ¿No es un algodón bello mi hijito? —respondió Esteban con frescura.

—Y Elisita, que está tan pequeña, pero igual de linda —añadió Elena.

Pasaron uno de esos fines de semana agradables. Rubén y Eli jugaban y se entretenían con todo lo que encontraban en el suelo. Su inocencia mantenía la unión de la familia. Norma comenzó a ver a Esteban con más cariño y gratitud, y él aún sentía ese amor que lo inspiraba a seguir adelante, a pesar de las circunstancias en las que se encontraban. De alguna manera, sentía culpa por tener una hija fuera del matrimonio con Norma, pero también justificaba su actitud por haber estado tanto tiempo sin una vida marital adecuada. Al final, los hijos eran los más afectados por esos silencios y acciones de sus padres.

Clara comenzó a llamar «Eli» a Elizabeth por cariño, y aunque no quería alejarse del hogar de Esteban y Norma, todos eran conscientes de que no era conveniente que se quedara allí por mucho tiempo. Mientras su hija estuviera presente, no sabían cuándo surgiría la oportunidad de que Clara se marchara. Norma no esperaba recibir reverencias, pero notaba que el cariño de Esteban se inclinaba más por la pequeña Eli que por Rubén. Era comprensible, ya que tanto Esteban como Clara eran los padres biológicos de Eli, mientras que Norma solo era la madre de Rubencito y no tenía ese vínculo biológico con la niña, a pesar de los esfuerzos de Esteban para no demostrarlo.

También era evidente que el amor de Esteban pertenecía a su esposa, mientras que Clara, por su parte, todavía guardaba cierto cariño por él, aunque lo hacía con la resignación de haberse dejado llevar por la pasión con el esposo de su hermana durante aquellos días. El amor por su hija era su única fuente de consuelo en medio de esa compleja situación. No obstante, todos se preguntaban cuánto tiempo más podrían mantener ese equilibrio precario y cuándo llegaría el momento de enfrentar decisiones difíciles.

XXV
Celebración

Se acercaba el cumpleaños número veinticuatro de Norma y la prosperidad en la que vivían les permitiría organizar un agasajo especial. Esteban, por su parte, quería impresionar a su amada, así que comenzó con los preparativos. Contrató a las personas que atenderían en casa y también a los músicos. Además, Esteban deseaba obsequiarle a Norma un regalo muy especial.

Decidió ir a una casa de joyas en Moquegua para buscar algo único. Allí encontró unos hermosos pendientes y un broche de plata. La plata estaba muy bien cotizada en ese momento, y esas joyas en particular tenían piedras incrustadas que, según el vendedor, valían más que la propia plata. Debido a la falta de compradores, el vendedor las estaba ofreciendo a un buen precio.

Esteban no dudó mucho y decidió comprar las joyas. Las hizo envolver con mucha dedicación y arte para realzar su belleza y presentación como regalo para Norma en su cumpleaños.

Amanecía el 13 de febrero de 1952 y en la calle Ancash se escuchaban cuchicheos. De repente, el sonido de una mandolina resonó en el aire y cuatro voces comenzaron a cantar la serenata puneña, una canción tradicional de las tierras altas dedicada a los cumpleañeros. El dulce sonido llegó hasta los oídos de Normi, quien se acercó a la ventana. Por cortesía, decidió abrirla y luego invitó a los músicos a entrar.

Esteban había salido temprano y Clara ya estaba en la cocina preparando algunas viandas para el desayuno. Por fortuna, los pequeños dormían de forma plácida en su cama y no se habían despertado con el ruido. Los músicos, ahora en el interior de la casa, no dejaron de tocar, interpretando yaravíes y huaynos propios de la zona.

Poco tiempo después, Esteban regresó a casa y fue recibido con una reverencia por parte de los músicos, quienes finalizaron su canción. Esteban deseaba dar algunas palabras, por lo que se hizo un silencio en la habitación.

—Pensé en llegar antes que los músicos, Normi, pero como puedes ver, se me hizo un poco tarde. Lamento haberte dejado esperando en este momento tan importante, pero quiero que sepas que no fue algo que no estuviera relacionado con esta fecha tan especial para todos nosotros. Te prometo que tenía una razón válida —aseguró, luego sonrió con ternura y continuó hablando—: Hace más de dos años que tengo la dicha de tenerte a mi lado, eres la mujer más hermosa que he conocido, en todos los sentidos. Dios me permitió unirme a tu vida para llenarla e iluminar mis días. Antes de conocerte, mi vida carecía de sentido y no tenía un rumbo claro; pero desde que llegaste a mi vida, cada momento a tu lado ha redireccionado mi camino.

»Quiero que sepas que mi amor por ti está cautivado hasta el fin de mis días. No habrá nadie en este mundo que pueda amarte más que yo, mi amor. Tengo este regalo para ti, espero que te guste. Solo será un pequeño adorno para realzar aún más tu hermoso rostro. Feliz cumpleaños, Normita de mi vida.

—Gracias Esteban, y gracias por tus palabras —respondió Norma, emocionada—. Me siento contenta de estar junto a ti en este día, me estás haciendo sentir muy especial.

De inmediato, los músicos comenzaron a interpretar el alegre carnaval arequipeño, llenando el ambiente de alegría. Todos se regocijaron con la música y el ambiente festivo. Luego, se sentaron a comer. Clara, por su parte, preparó el guiso de durazno que tanto le gustaba a Norma.

Los invitados y algunos otros empezaron a llegar a la casa para felicitar a la homenajeada y, de paso, probar el delicioso cocaví que habían preparado en especial para la ocasión. Conforme avanzaba la tarde, llegó la familia de Norma. Hicieron un espacio especial para doña Flora, mientras que los varones se acomodaron donde pudieron.

Por otro lado, Elena y Arelí se fueron a ver a las wawas, los pequeños del hogar. Pilar, en cambio, se sentó junto a su madre, casi desplazando a los invitados que ocupaban los asientos adyacentes. Siempre querían asegurarse de darse su lugar, como solían afirmar.

Transcurrido el día de la celebración, invitados y familia disfrutaron de una comida abundante y bebidas hasta sentirse satisfechos. Esteban y su gente se aseguraron de acomodar a la familia de Norma en los cuartos disponibles en la casa de la calle Ancash. Clara, generosa, cedió su propio cuarto a su madre, mientras que Elena y Arelí se acomodaron junto a las wawas. Casi no quedó espacio ni camas libres en la casa.

Luego de un momento, Esteban le dijo a Norma con una sonrisa:

—Normi, no te lo había dicho, pero tengo otra sorpresa para ti.

—¿De verdad? Me encantan tus sorpresas, Teban —respondió ella con emoción.

—Sí, pero no está aquí en la casa. Como puedes ver, todo está ocupado y lleno. Ven, te llevaré a otro lugar —indicó Esteban.

—Bueno, Teban, espero que tengas un lugar donde podamos descansar, porque me duelen los pies —respondió Norma.

—Por supuesto, no te preocupes —le aseguró él.

Salieron de la casa y caminaron hacia la carretera. La luna llena iluminaba su camino, por lo que no tuvieron problemas con la noche.

—Normi, ¿te gusta esta casita? —preguntó Esteban antes de llegar, señalando una pequeña casa de una planta que daba a la calle.

—Sí. Bueno, es como todas, ¿no? —respondió ella.

—Era como todas, Normi, pero desde hoy ya no lo será, porque la compré para que podamos vivir con más comodidad —reveló Esteban, conmovido.

—¿Cómo? ¡Qué emoción! Gracias, Teban, por todo lo que haces. Sé que no te traté muy bien, quiero disculparme por eso. Pondré de mi parte, te lo prometo —aseguró Norma con sinceridad.

—Pero pasa, doña Norma —pidió Esteban, abriendo la puerta. Tenía un encendedor en la mano y lo encendió para iluminar el interior—. Por favor, entra —indicó, y le mostró la cama que había instalado en el dormitorio principal—. Creo que querías descansar, mi Normi, y aquí está tu cama, junto a tu ropa de dormir que hice traer —explicó con ternura.

—Gracias, Tebitan; pero ¿tú dónde dormirás? —preguntó ella con una sonrisa pícara.

—No te preocupes por mí, hay varios cuartos en la casa y tengo una cama en uno de ellos. Estoy preparado para todo, como verás —respondió él con confianza.

—Creo que tengo una mejor idea —dijo Norma entre risas.

Norma cobijó a Esteban a su lado, lo besó e hicieron el amor. Él se sintió el hombre más afortunado del planeta. Ambos quedaron dormidos, abrazados y felices.

XXVI
La peor decisión

La pequeña Elizabeth ya balbuceaba y podía pararse apoyada en la cama o en cualquier superficie amigable. Estaba próxima a cumplir su primer año y Clara era la más entusiasta en los preparativos. Norma hizo lo que pudo para disimular su falta de interés en tal celebración, aunque era obvio que no le importaba. En cambio, Esteban estaba muy contento: era el primer año de su consentida. La familia llegaría de nuevo y Esteban por fin conocería a la hermana de Normi que le faltaba. Se llamaba Ruth y llegaría con su hija, Patricia, quien tenía casi la misma edad que Eli. Le entusiasmó el hecho de que las primas se conocieran. Todo quedó listo y preparó las habitaciones para los invitados, ya que el regreso no podría ser ese mismo día.

Doña Flora llegó con sus hijos, feliz de que su nieta llevara su nombre. La casa se alborotaba cada vez que ella llegaba. Se sentó en la cabecera de la mesa, algo agotada por el viaje, y empezó a hablar:

—Esteban, Norma, ¿pueden venir, por favor? Quiero hablar con ustedes.

—Ya voy, madre —respondió Norma.

—Sí, enseguida, doña Flora. Dígame —dijo Esteban.

—Quería preguntarles cuándo bautizarán a Elisita. Ya va a cumplir un añito. Hay que hacerlo antes de que se arrepientan de haberle puesto mi nombre —sonrió Flora.

—Sí, doña Flora. Conversé sobre eso con Norma y Clara, y pensamos hacerlo en diciembre de este mismo año. Será en la celebración de la Virgen —respondió Esteban.

—Me parece bien. ¿Y han pensado quién será la madrina? —preguntó Flora.

—Todavía no, madre —replicó Norma—. Estaba pensando en Clara, ya que es la que más quiere a Elisita.

—¿Clara? Me parece que no están tomando la mejor decisión. Ella ni siquiera tiene un trabajo y creo que ya se le pasó el tren[2] —afirmó Flora—. Les recomendaría más bien a tu hermana mayor, Pilar. Sería una mejor opción, puesto que ya sus hijos son jóvenes y pronto partirán a Lima para hacer sus estudios superiores. Además, su esposo, Carlos Alberto, es una persona muy influyente y adinerada en Ayacucho. Apenas culminen la escuela, se irán para allá. Por lo mismo, tengo la intención de llevarme a Clara de regreso a Moquegua, ya que parece haber olvidado que tiene madre. No vaya a ser que, ahora que se va Pilar, no tenga a alguien que me acompañe y me ayude con las tareas de la casa —dijo Flora, consciente de que su influencia en esos asuntos era determinante para sus hijos.

—Pero, madre, discúlpeme. Clara nos ayuda mucho aquí y además quiere mucho a Rube y a Eli —apuntó Norma, intentando defender a su hermana.

—No, ni hablar. Decidan a quién eligen, pero les sugiero que no sea Clara —respondió Flora con firmeza.

—Está bien, doña Flora. Lo pensaremos esta noche y mañana le informaremos nuestra decisión —acordó Esteban.

2 Frase dicha cuando una mujer no logra casarse y formar un matrimonio.

—Perfecto. Ahora, Esteban, ¿no tienes algo para beber? Estoy sofocada por este largo viaje —pidió Flora.

—Por supuesto —asintió su yerno.

Enseguida, le llevó un vaso de agua fresca y doña Flora los dejó conversando. Para Norma, esa era la oportunidad de que Clara ya no se quedara en la casa, aunque suponía que para su hermana sería duro alejarse de Elisita, su hija. Sin embargo, tenían que enfrentar tal situación de alguna manera. Esteban no quiso hablar más del tema y solo dijo:

—Elige tú, por favor. Eres la señora de esta casa.

cɜɛɔ

Llegó el domingo 28 de septiembre de 1952 y Clara se despertó temprano para ver a su bebé. Tan pronto como la vio, su corazón se llenó de alegría.

—¡Feliz cumpleaños, mi hijita! —le dijo, emocionada.

La pequeña sintió su voz y despertó con un puchero.[3] Clara la levantó y le ofreció uno de sus senos, que la pequeña empezó a succionar con hambre. Fue un momento maravilloso para ambas.

Poco a poco, los demás fueron despertando y prepararon una mesa amplia para que todos desayunaran juntos. Como siempre, Flora se sentó en la cabecera de la mesa. Frente a ella estaban Norma y Esteban. Sirvieron los platos de sopa de gallina, colocaron varias cestas de pan en el centro y también un poco de uchukuta. Todos se dispusieron a desayunar y el bullicio del momento no permitía entender ninguna conversación.

3 Mueca que refleja un rostro triste en los bebes.

Una vez que terminaron de comer, Esteban pidió la atención de todos.

—Gracias por acompañarnos en los momentos más importantes de nuestra familia. En mi nombre y el de Norma, quiero aprovechar esta ocasión para invitarlos al bautizo de nuestra Eli, o Elisita, como todos la conocemos. Será en la fiesta de la Virgen, el 8 de diciembre de este año. Los padrinos, de aceptarlo, serán su tía Pilar Baquedano y su esposo, Carlos Alberto. Esperamos que acepten nuestra elección —anunció Esteban a todos los presentes.

—Por supuesto, Esteban. Gracias por elegirnos. Yo me encargaré de hablar con Carlos, no creo que rechace la propuesta —respondió Pilar levantando un poco la voz para ser escuchada. Todos rieron.

Para Clara fue una sorpresa. Había esperado con sinceridad que la eligieran madrina de Elisita, a fin de pasar la mayor cantidad de tiempo posible con ella. Sin embargo, no fue así, y un nudo se formó en su garganta. Mientras todos conversaban y hacían planes para el bautizo, Norma le daba de comer a Rubencito. Las fechas del bautizo y el cumpleaños de su hijo no fueron celebradas con la misma intensidad, pero esto no generó ninguna molestia ni para Norma ni para nadie.

Llegada la fecha del bautizo, después de las celebraciones, Flora insistió en que Clara regresara con ella. En ese momento, ya tenían apoyo para el cuidado de los niños. Una de las ahijadas de Esteban había aceptado ayudar con las tareas del hogar. La vida íntima conyugal de Norma y Esteban había dado fruto, ya que Norma estaba esperando otro bebé. Tanto ellos como la familia estaban felices por la noticia. Norma ya llevaba casi cinco meses de embarazo y sentía que Dios la había bendecido al permitirle concebir una nueva vida, fruto de su unión con su esposo. Esto le brindaba esperanza al matrimonio.

Clara, que había sido una madre amorosa y dedicada, se encontró en la desgarradora encrucijada de tener que dejar a su preciada hija bajo el cuidado de Esteban y Norma, que fingiría ser su madre. Con el paso del tiempo y el constante trato duro de Flora, una profunda añoranza y un sentimiento de pérdida se fueron apoderando de Clara, creando un torbellino emocional que la sumió en una tristeza abrumadora.

Las noches se volvieron interminables, marcadas por la ausencia de risas infantiles y abrazos reconfortantes de la pequeña Eli. Cada día, el vacío en su corazón se expandía, transformando su mundo en una sombra de lo que una vez fue. La depresión, como una sombra silenciosa, la envolvía, y Clara luchaba por mantener la cordura en casa con su madre y sus hermanos. La desesperación y la soledad la sumergían en un abismo emocional, en el que las memorias felices de su hija se desdibujaban entre lágrimas y suspiros. La carga de no estar presente en la vida diaria de su pequeña se convertía en un peso insoportable, y Clara se encontraba al borde de la locura, anhelando el día en que pudiera abrazar a su hija de nuevo.

Este proceso había dejado muchos vacíos y ausencias no solo en la vida de Clara, sino también en Rubén y Elizabeth, quienes recibían mayor atención de sus respectivos padres biológicos. Estas circunstancias podrían plantear desafíos o traumas que deberían abordarse en el futuro. Mientras tanto, Clara comenzó a verse cada vez más afectada por su carga emocional y la presión de su madre. Andaba distraída todo el tiempo, incapaz de compartir su dolor con nadie. A veces la encontraban hablando sola, lo que asustaba a su familia. Al verlos, Clara empezaba a reír de manera compulsiva. ¿Estaba entrando en un proceso de demencia, tal vez?

XXVII
Fruto del amor

El 14 enero de 1953, Norma entró en labor de parto. La partera de siempre, doña Gloria, llegó y comenzó su trabajo. Norma ya tenía experiencia y dio a luz sin mucho sufrimiento. Gloria levantó al bebé y exclamó:

—Es otra mujercita. ¡Qué alegría para los papás! Claro, como ya se aseguraron con el varón, ahora llega la belleza.

Norma sonrió y deseó ver a su pequeña. Gloria se la acercó de inmediato para que la acomodara en su pecho y pudiera amamantarla.

—Ya pensé en tu nombre, mi amorcito. Te llamarás Luz, porque brillarás a los ojos de tu familia —dijo Norma, emocionada.

Esteban esperaba afuera, ansioso por el nacimiento de su hija. Cuando Gloria le informó que era una niña, Esteban rio de alegría. Al entrar y verlas, se sintió conmovido y lloró de felicidad. Norma le mostró a la niña y le dijo:

—Mira, Teban, nuestra hijita. ¿Qué te parece?

—Es una belleza. Quiero que lleve tu nombre, Norma, ¿sí?

—Yo pensé en Luz por la fuerza de ese nombre, pero si prefieres que lleve el mío también, entonces se llamará Norma Luz —resolvió Norma tras reflexionar.

—Sí, está perfecto —asintió Esteban—. ¡Qué alegría tengo! Gracias, Normi.

La llegada de Lucecita trajo alegría a sus padres. Por su parte, Rubencito y Elisita no recibieron el mismo nivel de atención de ambos. Esteban era duro con el hijo de Normi y no soportaba verlo llorar. Cuando era inevitable, prefería salir de la casa, lo que entristecía mucho a su madre, pero lo aceptaba. Por otro lado, Elisita quería cuidar a su hermanita, pero aún era demasiado pequeña para hacerlo. Algunas veces, Norma la reprendía por alguna travesura, pero ¿qué podía saber ella, siendo solo una niñita? Todo ello contribuyó a que la pequeña Eli fuese un poco más arisca y renegona. Cuando Norma intentaba llamarle la atención, ella escapaba de su vista. La paciencia se le estaba agotando y al final decidió tener una conversación seria con Esteban sobre esa situación.

—Esteban, sé que no quieres enfrentar algo que es evidente, pero me resulta imposible educar a Elizabeth. Estoy ocupada con los tres niños y la ayuda de Guillermina no es suficiente. Entiendo que debes pasar mucho tiempo afuera por tus actividades, pero necesito hacer algo al respecto —declaró Norma algo alterada.

—Pero, Normi, los tres son nuestros hijos. Algunos requieren más atención que otros —apuntó Esteban, intentando razonar con ella.

—No lo entiendes, Esteban, ¡no son iguales! —exclamó ella con enojo.

—Entonces, ¿qué sugieres? —inquirió él, levantando los brazos en señal de desconcierto.

—La última vez que hablé con Pilar, ella me dijo que podía ayudarnos con la educación de uno de nuestros hijos. Y como Elisita es su ahijada, creo que podría ocuparse de ella —sugirió Norma con mucha seriedad—. Además, ellos cuentan con los recursos necesarios.

—¿Alejar a mi hijita? ¿Cómo puedes siquiera pensar en eso, Normi? —le contestó Esteban con desconcierto.

—Tú no puedes afrontar la situación y creo que lo mejor es que sea ya el año que viene. Mientras tanto, veremos qué sucede —concluyó Norma con mayor determinación.

—Bueno, lo que tú digas, Normi, pero no estoy de acuerdo y me dolería mucho esa decisión —declaró Esteban.

—Es lo mejor para nosotros —aseguró Norma, intentando ser razonable.

—Si tú lo dices —finalizó él.

Esteban se esforzaba por llegar a casa a tiempo y apoyar a Norma y Guillermina con los niños, sobre todo para calmar a la inquieta Elisita, cuyas travesuras eran su manera de buscar la atención que ya no recibía por la ausencia de su madre, Clara, que estaba en Moquegua. Solo la ahijada de Esteban, Guillermina, le prestaba algo de atención cuando ya no había tareas pendientes. Para Esteban, estar con Elisita desde temprano hasta la noche era su intento de desanimar a Norma de esa idea cruel de enviarla a Ayacucho. Solo pensar en ello lo abatía, pero se sentía incapaz de contradecir a su esposa en esa decisión.

Por otro lado, la relación entre Esteban y Rubencito era cada vez más indiferente. No sentía el mismo afecto por un hijo que no era suyo. Aunque hacía un esfuerzo cuando Norma los observaba, se notaba que esas muestras de cariño no eran del todo genuinas. Sin embargo, aplicaba el trato riguroso que se esperaba de los padres hacia los varones de esa época. Le asignaba responsabilidades y le llamaba la atención cada vez que mostraba ganas de llorar, recordándole que «los hombres no lloran». Esa frase se grabó en la mente del niño.

Norma no contradecía las instrucciones que Esteban le daba a Rubén, pero al caer la tarde, lo consentía cocinándole algo que le gustara para compensar de alguna manera su falta de cariño paterno.

Como familia, en apariencia no eran muy diferentes de los demás. Sin embargo, los secretos que guardaban generaban una tensión latente que afectaba el ambiente del hogar. A pesar de ello, hacían todo lo posible para mantener las apariencias. En ese contexto, Lucecita desempeñó un papel importante al crecer. A pesar de su corta edad, era una mediadora eficaz que lograba calmar los ánimos de sus padres. Ya fuese a través de su ternura, que conmovía a su padre, o mediante sus ingeniosas conversaciones con su madre, ella conseguía disipar las tensiones que a veces se manifestaban en el hogar de la familia Torres Baquedano.

Lucecita adoraba a su hermano mayor y lo defendía cuando su padre intentaba reprenderlo por cualquier motivo. También jugaba con su hermana mayor, aunque entre ellas existía un espíritu competitivo en cada juego que inventaban. A veces terminaban riendo, pero en otras ocasiones lloraban debido a sus diferencias. Cada vez que Norma percibía silencio en la casa, sabía que alguna travesura estaba a punto de ocurrir. Y cuando llegaba el momento del enojo, Elisita solía llevar la peor parte. Sin embargo, Lucecita intentaba intervenir para evitarlo, aunque sus esfuerzos no siempre eran exitosos.

En aquel entonces, el uso del chicote[4] para corregir no era mal visto ni condenado, sino que formaba parte de la educación familiar.

4 Herramienta de paja curtida para golpear en caso de mal comportamiento a juicio de los mayores.

XXVIII
Escolares

Los años transcurrieron entre tensiones y alegrías, y la disfuncionalidad se volvió parte de la vida de la mayoría de las personas. Para consolarse, decían que no existía una familia perfecta, excepto la Sagrada Familia, ya que Dios estaba involucrado en la ecuación. Norma se volvió más religiosa que antes y comenzó a cumplir todos los preceptos exigidos por la Iglesia Católica, como penitencias, rezar el rosario, ayunar y otros rituales. Mientras tanto, Esteban desarrolló una estrecha relación con los curas dominicos, con quienes entabló una gran amistad.

Rubén ya había cumplido seis años, Elizabeth tenía cinco y Luz contaba con tres. Era el momento de ocuparse de la educación del hijo mayor.

—Creo que Rubén debería estudiar en Moquegua —declaró Esteban—. De todas maneras, allá la educación es mejor.

—Sí, pero ¿con quién se quedaría? —replicó Norma—. Tú sabes que mi madre no tiene la paciencia ni el interés de ocuparse de sus nietos, y menos de los que yo le di.

—Eso pensé. Deberíamos conversar con su padrino, el doctor Pedro. Es una buena persona. Además, le enviaremos su manutención —la tranquilizó Esteban.

—No lo sé, me da pena que mi hijo se vaya. Para mí sería mejor que se quede aquí y pueda recibir instrucción de un maestro particular para aprender las cosas básicas —expresó Norma con tristeza.

—Normita, no puedes permitir que la pena impida que tu hijo avance. El chico es ambicioso, y si no lo dejamos ir, seremos más un obstáculo que una ayuda en su camino. Nuestro cariño por él no cambiará, y los fines de semana lo recogeré para que se quede con nosotros —razonó Esteban.

—Creo que tienes razón. Aunque todavía lo veo muy pequeño, sé que es el momento adecuado para que inicie su formación académica —concedió Norma, aceptando la realidad.

—Sí. Varias familias de Omate están enviando a sus hijos a estudiar a Moquegua. Me hablaron de un colegio laico cerca de la plaza de Samegua. Creo que se llama Rafael Díaz. Se debe dejar un depósito para los gastos de educación. El Estado también proporciona parte de los recursos —explicó Esteban.

—Creo que es el colegio de militares. Me gusta la idea. Entonces, ¿cuándo puedes visitarlos? —preguntó Norma—. Lo ideal sería que comience el próximo año.

—Justo el viernes de esta semana iré allá. Aprovecharé para visitar el colegio. No te preocupes, Normita —prometió Esteban para calmarla.

—Sí, Teban. También te comento que conversé con mi hermana, Pilar, para que se encargue de Eli y que también pueda comenzar sus estudios allá en Ayacucho. Creo que eso también ya estaba decidido, ¿verdad? —dijo Norma.

—Sí, Normi —respondió Esteban, apocopado—, ya estaba decidido.

Él no esperaba que Norma quisiera separarse de su hijita. Por un momento, creyó que esa idea ya había sido desterrada. Sin embargo, después de decidir sobre los estudios de Rubén, no tenía forma de evitar la partida de su niña. Sintió una profunda melancolía y un ardor en el estómago, pero sabía que la sociedad no le permitía a los hombres expresar su tristeza de esa manera. Después de esa conversación, salió de casa para reunirse con sus amigos. Necesitaba tomar algo.

Por su parte, Norma se sintió aliviada al saber que solo tendría a Luz a su cuidado. Eso haría más llevadero su matrimonio, ya que Luz era la hija legítima de ambos. No anticipó el dolor que el viaje de la pequeña Elisita provocaría, no solo en ella, que era solo una niña, sino también en su padre y en Clara, su madre, que estaba lidiando con problemas psicológicos debido a la separación.

Las decisiones ya estaban tomadas y se llevarían a cabo de esa manera, sin más discusión.

Antes de que Rubén y Eli partieran para estudiar en Moquegua y Ayacucho, todos pasaron una semana inolvidable. Durante ese tiempo, parecían ser la familia perfecta. La pronta separación de sus hijos promovió la tolerancia y la armonía en el hogar de los Torres Baquedano. No tenían la mínima intención de levantar la voz y esos días estuvieron llenos de risas y paz. Aún no tenían en mente cómo sería la separación.

Justo en ese momento, pasaba por Omate un fotógrafo muy reconocido, el señor Enríquez, que ya había sido contratado por las familias adineradas de la zona. Esteban se enteró de la visita de este ilustre visitante y, en cuanto pudo, contrató sus servicios para tener una fotografía familiar. Coordinaron el encuentro antes del anochecer, ya que la iluminación era en extremo importante.

El señor Enríquez llegó a su casa a las cuatro y media de la tarde. Luz estaba dormida, pero Elisita y Rubén estaban más que listos. Esteban fue a despertar a Luz, le arregló un poco el cabello y la llevó junto a ellos. Posaron para la fotografía, y como buen fotógrafo, el señor Enríquez les hizo algunas muecas para provocar sonrisas en todos. Capturó un momento especial que quedaría plasmado en la fotografía, guardándolo para la posteridad.

XXIX
La partida de una hija

Pilar llegó a Omate en las vísperas del cumpleaños de Norma. Sabía que regresaría con la pequeña Elisita para luego volver a Ayacucho. Sus hijos ya eran jóvenes y necesitaba que alguien la acompañara, en especial cuando su esposo viajaba. Su hijo mayor estudiaba Medicina en la Universidad Nacional Mayor de San Marcos, mientras que el segundo estaba a punto de terminar la secundaria para luego seguir su carrera en la normal.

Cuando Pilar, Esteban y Norma se reunieron, conversaron sobre los detalles de la estadía de Elisita en Ayacucho. Por un lado, Esteban se encargaría de enviar el dinero necesario para los gastos de su hija. Por otro lado, Pilar se comprometía a tratarla bien, asegurarse de que tuviera una alimentación adecuada y brindarle todas las comodidades propias de una niña de familia. No querían que pareciera, ni siquiera por un momento, una niña huérfana, porque en realidad no lo era. Pilar se sintió ofendida por las exigencias de Esteban, pero Norma solo asintió con la cabeza para mostrar su conformidad con todo lo que se decía.

Norma celebró su vigésimo quinto cumpleaños rodeada de amigos y familiares, aunque no tuvieron tantos invitados como en ocasiones anteriores. Esteban no se sentía con ánimo suficiente para organizar una reunión especial, y Norma lo comprendía. Ambos sabían que era importante centrarse en mejorar su matrimonio y brindarle el cuidado adecuado a Lucecita, su hija legítima.

En cuanto a Rubencito, Norma sabía que regresaría a casa los fines de semana, lo que aliviaba su pesar. Esteban esperaba que el colegio disciplinara y educara de manera adecuada al pequeño Rubén, ya que a menudo desafiaba con fuerza la autoridad de sus padres. En algunas ocasiones, esto hacía necesario disciplinarlo con una rigidez que implicaba el uso de violencia. A Lucecita no le gustaba presenciar estas llamadas de atención a sus hermanos, y se entristecía al punto de llorar cuando alguno de ellos recibía un azote por parte de sus padres.

Llegó el día de la partida de Elisita y Esteban no pudo ocultar su tristeza por el viaje que su pequeña iba a emprender. Lamentaba que las circunstancias hubieran llevado a esa situación y se sentía culpable al respecto. Mientras tanto, Norma preparó las pertenencias de Elisita en una pequeña maleta que habían comprado en un bazar de Moquegua. Pilar esperaba afuera mientras Esteban cargaba a su hijita y Norma llevaba la maleta. Juntos, salieron de la casa en silencio.

—Papito, sé que a veces te hago enojar, pero quiero que me perdones. Te quiero mucho, mucho —exclamó Elisita.

—¿Qué dices, hijita? Los adultos nos enojamos por todo, tú no tienes la culpa de nada —le aseguró su papá.

—Claro, Elisita. Tendrás una linda aventura con tu tía porque eres muy buena —afirmó Norma para aliviar la tristeza.

—¿En serio? Me encantan las aventuras. ¿Ustedes vendrán conmigo? —inquirió Eli con inocencia.

—No, hijita. Yo tengo que trabajar y tu mami debe cuidar a tu hermanita —explicó Esteban.

—Pero entonces no quiero ir —declaró Eli con cara de tristeza.

—Tienes que ir, hijita. Nosotros iremos después, ¿de acuerdo? No te pongas así —la persuadió Esteban.

—No quiero ir, papito. Me portaré bien y luego iré contigo y mamá —propuso Eli entre lágrimas.

—Elisita, tu tía Pilar tiene muchos juguetes en su casa. Ella vino en especial para que la acompañes; si no, se pondrá muy triste —trató de animarla Norma.

—No, mamá. Yo le explicaré que iremos todos —resolvió la pequeña Eli.

La situación se estaba volviendo más difícil de lo que todos habían pensado. Elisita nunca había sido separada de su familia y sentía que era por haberse portado mal con sus papás que la estaban alejando. Empezó a llorar más, así que Pilar, con su típica dureza, la recibió en sus brazos y la sostuvo.

—Cálmate, Elisita. Tenemos que subir al carro. Te va a gustar. Vamos, hijita —indicó Esteban con tristeza.

—No, papito, no quiero ir. Quiero quedarme, papito. Me portaré bien, te lo prometo. Les ayudaré a cuidar a mi hermanita —respondió Eli entre lágrimas.

—Elisita, ya es suficiente. No hagas este berrinche. Ya estamos aquí y tienes que calmarte. Toma, te traje estos dulces —intervino Norma con cierta severidad.

—¡No quiero! —exclamó Eli, y empujó a ambos con sus pequeños brazos.

Esteban no aguantó más y se dio la vuelta para retirarse con los ojos llenos de lágrimas. Norma lo siguió. Elisita seguía gritando y forcejeando para que no la subieran al carro. Su llanto se hizo más fuerte.

—No me quiero ir, papito. Mamá, yo los quiero. Ya no se enojarán conmigo, se los prometo —insistía la pequeña Eli, llorando sin consuelo.

Pilar se puso seria y sentó a Elisita a su lado, agarrándola con fuerza del brazo. Elisita solo pudo ver por la ventana que el carro empezaba a moverse y se alejaba de su casa y su pueblo. Estaba desconsolada. Con tan solo cinco años, era un sacrificio demasiado pesado para ella. Tras llorar mucho, por fin se quedó dormida.

Llegaron a la casa de Samegua y la llevaron a una de las camas en el segundo piso. Debía descansar, ya que el viaje a Ayacucho era muy, muy largo.

Lucecita no entendía lo que estaba sucediendo. Norma la cargó y la abrazó. Ella vio a su padre con los ojos rojos y se preguntó dónde estaría su hermana. En la normalidad, a esa hora, ellas ya estarían jugando con su muñeco negrito, que era la adoración de Elisita. Lucecita notó que sus padres no se hablaban y se sintió triste por ello. En ese momento, le pareció que debía estar cerca de su papá. Se acercó, lo abrazó y le besó las manos. Esteban le mostró una sonrisa y acarició su cabecita.

—Todo está bien, mi hijita, todo está bien —aseguró, luego se levantó y salió de la casa.

Por su parte, el pequeño Rubén se mostró muy controlado. Se acercó a su madre y le preguntó:

—¿Adónde se llevaron a mi hermanita, mamá?

—Ella se fue con su madrina a Ayacucho —respondió ella.

—¿Y dónde queda eso? —indagó el pequeño Rubén.

—Está lejos de aquí, hijito, pero es un lugar muy bonito donde tu hermanita podrá aprender muchas cosas. Además, acompañará a su madrina, que estaba muy sola —aseguró Norma, intentando explicarle.

—Pero, mamá, Elisita estaba bien con nosotros. Sé que era traviesa y te hacía enojar mucho, pero nos quería mucho. La voy a extrañar —se lamentó Rubén—. Yo puedo cuidarla, mamita. ¿Por qué no le pedimos a la tía que se venga a vivir con nosotros?

—No, hijo, tú no entiendes, papasito. Es lo mejor para ella, al igual que para ti, que pronto comenzarás la escuela. La próxima semana, papá Esteban te llevará a Moquegua para que comiences tu aprendizaje. Allí encontrarás muchos amigos y te divertirás mucho más que aquí.

—No, mamita, yo no quiero irme. Aquí estoy bien. También puedo aprender aquí con lo que tú me enseñes —afirmó Rubén.

—Yo no sé muchas cosas, hijito. Debes aprender y ser alguien útil para la sociedad. Eso solo se consigue a través de los estudios, y el mejor lugar para ti es Moquegua —explicó Norma con seriedad.

—No, yo no iré, mamá —insistió Rubén.

Rubencito partió corriendo del cuarto y salió de la casa. Sus amigos estaban jugando en la plaza. Norma no se alarmó, sabía que estaría con sus amiguitos. Dio un suspiro y se preguntó si lo que estaban haciendo de verdad era lo mejor para todos.

La pequeña Eli, de cinco años, se encontraba sumida en un abrumador sentimiento de pérdida y desamparo al ser separada de su padre y sus hermanos, según ellos por una necesidad mayor, y fue llevada a vivir en un poblado alejado bajo el cuidado de una madrina demasiado inflexible y despiadada.

Aunque de manera inconsciente, Eli percibía una conexión entre su separación y su mal comportamiento, lo que añadía una capa adicional de confusión a sus emociones. La ausencia de su figura paterna, su principal fuente de seguridad y afecto, la sumergió en un mundo desconcertante y aterrador. La inflexibilidad de su nueva cuidadora intensificó la sensación de vulnerabilidad de Eli, convirtiendo su entorno en un lugar inhóspito.

Los días se tornaron difíciles, marcados por la ausencia de la calidez paterna y la presencia constante de una madrina que, en lugar de ofrecer consuelo, imponía reglas con despiadada severidad. En medio de la tristeza y la confusión, Eli buscó de manera instintiva algo que le proporcionase consuelo, anhelando un hogar donde sentirse amada y segura, incluso sin comprender por completo la razón detrás de su separación.

XXX
Adolescencias

Augusto, hermano de Norma, había empezado a frecuentar más Omate. Él y Esteban desarrollaron algunos negocios de compra y venta de hojas de orégano, actividades bastante particulares que tuvieron muy buenos resultados. Salían temprano con sus mulas y acopiaban la mayor cantidad de hojas de los campesinos del valle. En Moquegua, recibían una muy buena paga por esa mercadería, ya que la hoja de orégano era muy apreciada por su valor medicinal y como especia de cocina. Tenían clientes que lo utilizaban como insumo para hacer harina y mates medicinales.

La unión entre los cuñados se fortaleció y había mucha confianza. Norma quería mucho a su hermano, y durante alrededor de cuatro años avanzaron en sus negocios. Ambos mejoraron sus hogares, refaccionaron sus viviendas y se dieron muchos gustos propios de gente próspera. Fueron años de bonanza para ellos.

A principios de 1959, las cosas parecían ir bien para la familia. Sin embargo, la pequeña Elizabeth solo pudo visitar a sus padres una vez. Ya no se parecía una niña feliz, como antes de su partida. Se volvió muy introvertida. Su tía Pilar atribuía aquel comportamiento al de una dama; por lo mismo, Elisita era incapaz de contar todo lo que le pasaba en Ayacucho.

La niña también se volvió más miedosa y desarrolló un temor a los gatos. Le contaron que eran animales del demonio y que maullaban quejándose cuando alguien iba a morir. En una ocasión, Pilar le pidió que matara a un gato callejero que les impedía dormir. Elisita, más temerosa de Pilar que del gato, obedeció, y, con la ayuda de uno de sus amigos, logró atraparlo en un costal.

Sin embargo, cuando llegó el momento de lanzarle piedras al costal para matarlo, Elisita experimentó demasiado temor, así que decidió llevarlo al río y tirarlo allí. Fue un error, ya que el gato consiguió sobrevivir. La mente de la niña creyó que el gato había regresado para vengarse de ella, lo que la dejó aterrorizada esa noche. Se tapaba la cara con la frazada. Gracias a ese momento, su trauma con los gatos nunca fue superado.

Esteban sentía que su hija nunca se lo perdonaría. El tiempo que pasó con ellos fue tan breve que no resultó suficiente para enterarse de todo lo que la pequeña Elizabeth estaba viviendo en tierras ayacuchanas. Sentía un nudo en la garganta y un ardor en el estómago al no tener la fortaleza ni las agallas para llevarla de vuelta a casa. Él se resignaba a la determinación de Norma y Pilar, pero sabía que Elisita no estaba contenta con aquella situación. Bajo la tutela de su tía Pilar, la vida se volvió tormentosa para su hija.

En cambio, Rubén se había convertido en un joven rebelde. La adolescencia le produjo muchos desencantos con su madre y su padrastro. Ya no obedecía y tampoco quería hacer los mandados. Si lograban persuadirlo, lo hacía con mala voluntad. De su familia solo se llevaba bien con su hermana Luz, con quien se entendía de maravilla. Su comportamiento afuera era más bien el de todo un galán con las jóvenes vecinas y algunas niñas del pueblo, quienes estaban ilusionadas con él.

Para corregir su rebeldía, Esteban volvió a recurrir al castigo físico, usando el azote como medida correctiva. Más tarde, en una conversación con Norma, le sugirió que la única solución viable sería que Rubén ingresara al colegio militar al llegar al tercer año de secundaria. Norma, como su madre, no estaba de acuerdo con la idea. Esto generó una discusión entre ellos. Sin embargo, se dio cuenta de que la vida de su hijo se estaba desviando del camino correcto según sus ideales.

En una ocasión, en un mandado, el joven Rubén no regresó a casa sino hasta varias horas después. Al volver, se encontraba feliz por una nueva amiga que había hecho. Con algo de desfachatez, comenzó a asearse en la pileta del patio. Esteban, al verlo, agarró el látigo que tenían y golpeó su espalda. Rubén pudo esquivar el siguiente golpe, pero tuvo que soportar los gritos de Esteban. Norma se acercó y lloró por lo que estaba presenciando.

—¡Ya basta! —gritó Norma, bastante enfadada—. Mañana te irás a Moquegua de nuevo. Hijo, debes respetar a tu padre. ¿Qué te está pasando?

Antes de entrar a su cuarto, Rubén vio a Luz llorando y se acercó a consolarla.

—¿Qué pasó, Lucecita? ¿Por qué lloras, si fui yo quien recibió el azote? —le dijo.

—Me da mucha pena que papá te golpee —respondió Luz entre sollozos—. Preferiría que nunca lo hiciera, hermanito.

—No te preocupes, hermana. Después de todo, no fue tan duro, y creo que me lo merecía —intentó tranquilizarla él.

—Nadie se merece ese trato, Rubén.

—Está bien, hermanita. Todo está bien ahora —aseguró el chico—. Cálmate, que yo ya me siento bien, y tú también, ¿verdad?

Rubén partió el domingo por la tarde hacia la casa de su padrino. La ruta era larga. Se despidió de Norma y Esteban, quien solo hizo una venia. Luego, Luz se abalanzó sobre su hermano para abrazarlo.

—Chau, hermano. Nos vemos a tu regreso —se despidió Luz con afecto, y le dio un beso en la mejilla.

Luz quería mucho a Rubén y era su confidente en todas las cosas que hacía. Ella sabía quiénes querían a su hermano y se lo contaba cada vez que regresaba de Moquegua. Se convirtieron en amigos y cómplices. Rubén tenía la capacidad de hacerla llorar solo con mirarla, ya que Luz era muy sensible y cualquier detalle la ponía susceptible. Sin embargo, él siempre la abrazaba y se disculpaba.

Esteban sentía una profunda frustración por lo sucedido. Se dio cuenta de que su hija Eli ya no podría regresar y las cosas con ella nunca volverían a ser como antes. Norma parecía haber dado por hecho ese asunto, sintiendo que la pequeña Eli ya no pertenecía a ese entorno. La mente de Esteban estaba agotada de luchar en vano por encontrar una solución para su familia. Sentía una gran impotencia ante las circunstancias de la vida y notaba que su energía interna disminuía. No tenía la capacidad de desahogarse ni de llorar con alguien. Empezó a vivir en un estado de desasosiego constante y siempre padecía una serie de molestias digestivas que comenzaban a afectarle. En ocasiones, experimentaba dolores agudos durante las noches y no encontraba paz en su interior.

XXXI
Luz

El mayor consuelo de Esteban era su hija Luz, a quien llevaba a pasear por las tardes. A veces, la acompañaba a sus actividades para que aprendiera sobre el desempeño y la organización. Dado que nadie más de su familia mostraba interés en lo que él hacía, en alguna ocasión intentó enseñarle a Norma cómo se ganaba dinero con la venta de frutas. Quiso montar una tienda para que ofreciera los productos a los habitantes de la zona, pero ella no quiso. No le gustaban las actividades comerciales y le dejó claro que vender y cobrar no era lo suyo.

A pesar de eso, las múltiples actividades de Esteban le permitían llevar una vida cómoda junto a su familia. Pagaba la escuela de Rubén, enviaba la pensión para Eli y le brindaba a Luz todas las comodidades que podían permitirse en ese momento.

Un día, salió en bicicleta con Luz rumbo a la casa de uno de sus clientes para cobrar una deuda. Mientras paseaban por la alameda de la calle Ancash, se cruzaron con unas vacas que estaban pastando en la zona. Esteban, con Luz en la parte delantera de la bicicleta, no pudo esquivarlas y, tras perder el equilibrio, la rueda delantera cayó en una zanja y fueron lanzados a unos arbustos espinosos. Su instinto le hizo cubrir a su hija durante la caída, pero no pudo evitar que los espinos se le clavaran en los brazos y el torso. Miró a Luz y le preguntó preocupado:

—¿Estás bien, hija mía?

—Sí, papito, creo que sí, pero me parece que tienes algunos espinos en tu cuerpo. ¿Te los retiro?

—No, no, hijita. Tu mamá lo hará en casa para que no me duela al retirarlos. Tranquila, hija, tranquila.

La abrazó y se fueron a casa, olvidando el recado por el que habían salido. Al llegar, encontraron a su mamá Clotilde y Esteban se emocionó mucho al verla.

—Mamitay, ¡qué bueno que me visites!

—Claro, hijo, si ya no vas para nada, ni siquiera a ver a tu ganadito, que ya está grande.

—Sí, mamá. El trabajo, los viajes a Moquegua y los chicos no me dejan mucho tiempo para ir a visitarte, aunque tenga toda la intención.

—Así es, papito. Mira, te traje esta jarra grande de leche de la vaquita que tenemos para que tomen en el desayuno. Mi comadre me dice que es bueno cocinarla un poquito con canela, además de que es muy rico.

—Gracias, mamitay. ¡Lucecita! Ven, hija. Saluda a mamá Clotilde.

—Buenas tardes, señora.

—Llámame mamá Cloti. Soy tu familia, hijita —dijo ella, sonriéndole.

—Mañana pueden venir a ver tu ganado, hijo. De paso, trae a Luz para que ordeñe a la vaca que tenemos. Verás cuánto le gusta.

—Claro, mamá. Ahora ven, hija, para que tomes esta leche con canela.

Al probarla, a Luz le pareció que la leche no sabía bien y se sintió mal, por lo que la escupió. El sabor no le resultó nada familiar y no le gustó. Esteban le ofreció un poco más, pero ella empezó a llorar, como solía hacer en situaciones incómodas, y salió corriendo de la casa.

—No hagas caso, Esteban. Tú también eras así, no te gustaba mucho la leche, y a ella le dimos con canela. Mañana en la casa verás cuánto le gusta la leche caliente directo de la ubre de la vaca.

—Claro, mamá Cloti, claro.

Al día siguiente, prepararon unas viandas y Norma, Esteban y Luz salieron temprano rumbo a Carumas. Llegaron en más de una hora y entraron a la casa. Allí estaba Clotilde, sentada en la cocina, tostando maíz para el desayuno.

—Hola, hijos. Vengan, ya está todo listo —indicó Clotilde.

Los llevó hacia la huerta. Al fondo vieron una estructura parecida a un corral bastante amplio. Tras ingresar, encontraron dos animales grandes, una vaca y un caballo. Esteban se acercó y los acarició. Enseguida, Clotilde llamó a Luz para que se acercara. Ella estaba al lado de la vaca.

—¿Ves esas bolsas rosadas debajo de las patas de la vaca? —preguntó—. Se llaman ubres y de allí sacamos la leche que la vaquita comparte con nosotros y su cría.

Luego, vieron al otro lado y se encontraron a un becerro lamiéndose la pata.

—¡Qué linda vaquita! —exclamó Luz.

—Es macho —la corrigió Cloti.

Entonces, Clotilde jaloneó el balde de lata, lo colocó debajo de las ubres y ordeñó la vaca. Para Luz fue todo un espectáculo, pues era la primera vez que veía algo así. Clotilde la llamó y le enseñó a ordeñar. Ella aprendió pronto y de manera efectiva. La leche caliente directo de la ubre le gustó mucho. Pasaron un día muy diferente.

Al regresar a casa, Luz se sentía mal. La tocaron y tenía fiebre. Luego, al cambiarla, notaron unos puntitos en su barriga. Decidieron llamar al médico del pueblo, ya que la niña empezó a delirar debido a la fiebre. Cuando el doctor Yupanqui llegó, la examinó y supo que había un brote de escarlatina en el pueblo. Verificó de nuevo los granitos con una lupa y llegó al diagnóstico.

—Luz tiene escarlatina. No es grave, pero debe descansar y mantenerse aislada para no contagiar a nadie más. Para un adulto, esta enfermedad puede ser más riesgosa —indicó el doctor

—Gracias, doctor. ¿Cuánto le debemos por su servicio? —preguntó Esteban.

—Dejémoslo ahí, Esteban. Creo que tengo unas cuentas contigo. Hasta luego.

Una vez más, la alcaldía le fue encargada al Dr. Chocano, amigo de Esteban desde su primera gestión. De inmediato, el alcalde asignado decidió tenerlo al frente de su área de rentas. Conversaron y llegaron a un buen acuerdo. Ambos convinieron en trabajar juntos. Con ello, Esteban tenía un trabajo adicional.

Gracias a su dedicación laboral y a su éxito en los negocios, Esteban adquirió una vivienda al lado de la que ya tenían en calle Ancash. Le alquiló la planta baja de la nueva propiedad a la familia Salas, por lo que su vivienda ahora tenía tres frentes. Además de la tienda, instaló una oficina en la casa principal, lo que le permitía avanzar en la revisión de documentos tanto para la alcaldía como para sus negocios. Mantenía un gran orden, lo que era una ventaja para todo lo que tenía por hacer.

En la despensa de la casa nunca faltaban piernas de res, cordero, patos y sacos de arroz. Una de las comidas favoritas de Esteban era el kankacho, que aprendieron a hacer gracias a una amiga que los visitó desde Ayaviri.

Al recuperarse, Luz se volvió aún más cercana a su padre, aprendiendo un poco de todos los oficios que él realizaba. La actividad que más le gustaba era atender en la tienda y llenar botellas de kerosene, alcohol u otros líquidos. Esteban, por su parte, la quería mucho y no olvidaba a Elisita, a quien solo podía enviar telegramas y algunas cartas. Se preguntaba por qué tenía que ser así. A pesar de todos sus esfuerzos y éxitos en sus actividades, no podía superar esa nostalgia. Rubén ayudaba en lo que podía los fines de semana, pero nadie se comparaba a su Luz.

XXXII
La tierra se mueve

Esteban hizo todos los preparativos para el séptimo cumpleaños de Luz. Invitó a sus amiguitas de la escuela para que todo quedara organizado desde el día anterior. Decidió hacerlo así porque el jueves 14 era la fecha exacta del cumpleaños de Luz, pero ese día se jugaría un partido importante en Moquegua entre el equipo local Club Atlético Huracán y el Sport Boys del Callao.

Se prepararon las radios para que los varones que se quedaron pudieran escuchar el partido en vivo. La expectativa en Moquegua era grande y Esteban ya tenía planeado reunirse con sus cuñados y otros amigos para disfrutar del encuentro.

Esteban estaba emocionado por celebrar el cumpleaños de Luz y darse la licencia al mismo tiempo para disfrutar del partido con sus seres queridos.

Pusieron el cordero en el horno de barro para asarlo. Augusto, a quien Esteban ya había comprometido como el padrino de Luz, llegaría pronto. También vendría la abuela Flora con Elena, Clara, Carlitos y Andrés. Sabían que cualquier evento en casa de los Torres Baquedano valía la pena, ya que siempre lo celebraban a lo grande.

Cuando Luz se despertó, percibió todo el movimiento y la emoción que había en la casa. Ella sabía por qué era y eso la llenaba de felicidad. Fue corriendo a buscar a su hermano Rubén para contarle, pero no lo encontró, ya que estaba ocupado ayudando a Esteban y Norma con los mandados para la celebración.

La casa estaba lista y la invitación era a partir del mediodía. Los primeros en llegar, como siempre, fueron los familiares que venían desde Moquegua. Luz los recibió con entusiasmo y alegría. Lucía un hermoso vestidito que Norma le había comprado a su amiga Elvira Nuñez en Lima. Le quedaba perfecto.

La celebración del cumpleaños de Luz estaba lista para comenzar y a todos les emocionaba pasar un día especial junto a ella.

—Buenas tardes, abuela Flora —saludó Luz.

—Hola, Lucecita. ¡Qué linda estás! Dime, ¿dónde está tu mami? Quiero hablar con ella —le respondió Flora.

—Está en su cuarto, abuela. Queda por allá —le indicó Luz.

—Gracias, hijita. Ven, dame un beso. Toma esto para que te compres algo en este día tan especial —le dijo Flora, dándole un sobrecito con algo adentro.

—Gracias, abuelita. Eres muy buena.

—¿Dónde está mi sobrina favorita? —preguntó Augusto.

—¡Aquí! —gritó Luz, emocionada.

—Adivina qué tengo en esta bolsa. Quiero que lo adivines.

—¡Ya sé! Es un regalo y es para mí —replicó Luz con risitas.

—Así es. Ven aquí para que te abrace —pidió Augusto, entregándole la bolsa.

—Gracias, tío Augusto. Eres muy bueno —dijo Luz.

Fueron apareciendo los invitados, entre amigos y familiares, y se acomodaron en los lugares asignados. Llegó la hora del almuerzo y les pasaron los cubiertos de alpaca a los adultos. Mientras esperaban el asado, que ya se olía delicioso, se acomodaron en la sala porque el comedor estaba lleno. Los niños jugaban en el patio y Rubén, como siempre, estaba conversando con una niña, que según él era su prima, llamada Martha. De vez en cuando, los adultos se aseguraban de que los niños se portaran bien.

Transcurrió una tarde muy agradable y los niños quedaron agotados de tanto jugar. Los adultos hicieron los preparativos para viajar temprano a Moquegua al día siguiente, a fin de llegar a tiempo al partido tan esperado.

Esteban, Augusto y Andrés salieron de madrugada y llegaron poco antes del mediodía. Comieron algo y se dirigieron al estadio, llenos de emoción por esa nueva experiencia. A las dos menos veinte, mientras esperaban la salida de los equipos, la tierra comenzó a temblar. Los vidrios vibraban y se rompían casi de inmediato. Gritos llenaron las casas y los policías presentes en el estadio intentaron calmar a la multitud, pero todos salieron corriendo en busca de sus seres queridos. El temblor parecía interminable y las paredes comenzaron a agrietarse.

Esteban corrió en busca de algunos niños que vio en el estadio y le gritó a Augusto que ayudara a una señora que estaba paralizada por el pánico. Casi todos estaban afuera, y el polvo cubría varios sectores de la ciudad. Justo cuando parecía que el temblor había terminado, comenzó de nuevo, aunque esta vez fue de menor intensidad. Después de todo el caos, por fin pudieron ver los rostros de las personas y agradecieron a Dios que ninguno de ellos resultara herido. La gente salió de sus casas, conscientes de que habían vivido un evento sin precedentes. Para todos, era la primera vez que se enfrentaban a un terremoto de esa magnitud. Observaron que las construcciones más altas estaban dañadas y se dirigieron hacia la plaza, que era un lugar abierto. Vieron polvo saliendo del campanario de la iglesia. Al parecer, la campana había caído.

Después de un momento, comenzaron a escucharse los gritos de dolor de las personas heridas y los lamentos de aquellos que buscaban a sus seres queridos. Esteban, junto a sus dos cuñados, regresó a casa y se aseguró de que todos estuvieran a salvo. Luego, se dirigieron a ayudar a los damnificados y heridos por la tragedia. Lograron enviar un telegrama a Omate para informarles que la familia estaba a salvo, gracias a Dios.

XXXIII
Carta a mi hija

Moquegua, 19 de febrero de 1960.

Querida Eli, hija mía:

Con la esperanza de que todo esté bien por allá, te escribo unas cuantas líneas. Te cuento que durante la celebración del cumpleaños de tu hermana, Luz, la tierra se movió. Fue algo muy desagradable que sucedió en Moquegua y algunos pueblos cercanos. El movimiento fue bastante fuerte, tanto que algunas casas y templos quedaron destruidos. Por fortuna, nuestra casita no sufrió grandes daños, solo algunas rajaduras en las paredes que serán reparadas pronto. Nos dijeron que, en las zonas cercanas a Omate, la nieve de la montaña se deslizó y cubrió algunas casas que estaban cerca del nevado. Gracias a Dios, todos aquí estamos bien.

Te cuento todo esto, hijita, porque te extraño mucho y me asusta no tenerte cerca. Me entristece que no me envíes ni siquiera una carta. Tu madrina me comentó que ya escribes muy bien, pero que no sabes cómo escribirla. Solo quisiera que me digas cómo estás y todo lo que quieras contarme. Así sabría que todo va bien por allá, aunque supongo que no tienes suficiente tiempo para hacerlo. Además, con todas las cosas que tu madrina te encarga, entiendo que puede ser complicado. No hay problema, hijita, creo que para fin de año deberías venir de nuevo a estar con nosotros. Espero que así sea. Sabes que aquí te queremos mucho y tenemos todo lo que necesitas.

Tu madrina nos cuenta que poco a poco te estás convirtiendo en una señorita muy educada y correcta. Realizas los mandados como una dama. Me alegra conocer esos avances en tu formación. Sé que nosotros no podríamos haberlo hecho mejor. Agradezco siempre la buena voluntad de tu madrina.

Además, te cuento que tu hermana se prepara para hacer la primera comunión. Está recibiendo sus clases de catequesis con los curas dominicos, quienes le tienen mucho cariño. Espero que también podamos organizar la celebración de ese sacramento para ti cuando estés aquí con nosotros. Creo que es muy importante.

Bien, hijita linda, me despido. Me alegraría mucho recibir alguna respuesta a todas esas cartas que te envié. Espero que no estés triste o molesta conmigo por haberte enviado con tu madrina. Sabes que lo hicimos porque creíamos que tendrías muchas más oportunidades y porque nos dijeron que las escuelas allá son mejores. Te quiero mucho y te extraño. Espero verte muy pronto.

Tu papá

Esteban

«Ay, Esteban, ¿hasta cuándo seguirás enviando estos papelitos a tu hija? —pensó Pilar—. No le harán nada bien».

Luego, prendió un fósforo marca INTI y quemó la misiva. Eli no recibió ninguna carta desde que llegó a Ayacucho, a pesar de que tanto Esteban como Norma le habían escrito algunas. Incluso Luz le había enviado una.

XXXIV
Traumas

Pilar no quería que la pequeña Eli se pusiera sentimental ni que quisiera regresar pronto, ya que era muy útil para ella. Elisita recibía un trato duro y parecía ser la trabajadora de Pilar, a pesar de su corta edad. Tenía que realizar tareas como lavar, cocinar y encerar la casa, además de hacer todos los mandados. Vivía como una huérfana, sin entender qué había pasado. Su vida, que debería haber estado llena de juegos y risas, se había convertido en un sacrificio sin fin que no merecía. No entendía por qué le tocaba vivir así. El único consuelo de Eli era visitar la iglesia y conversar con el padre Joaquín, quien la apreciaba mucho.

El hijo mayor de Pilar, que estudiaba medicina, realizaba preparados que en teoría mejoraban la inteligencia de las personas. Eli, al ser la más inocente habitante en la casa, se convirtió en la conejilla de indias para probar estos experimentos. Felipe, que así se llamaba, le inyectaba diversas sustancias, como aceites de pescado y otros componentes. Lo delicado de esta situación era que la pequeña Eli no sabía los verdaderos motivos de tales inyecciones. Felipe le decía que eran para ayudarla en sus estudios y para quitarle la tristeza, pero nada de eso era cierto. Estas inoculaciones, además de ser dolorosas, provocaban sudoraciones, fiebre y delirios en ella. Todo esto, sumado al difícil hecho de vivir lejos de su hogar y al trato hostil de su madrina, la expuso a las locuras de un estudiante de Medicina poco ético e insensible. Todo ocurría a la vista y paciencia de su madrina Pilar. Fueron años de mucho dolor para la pequeña Elisita, y esos traumas quedaron marcados en su memoria de manera imborrable.

Esteban no encontraba paz en ninguna parte. Algunos pocos momentos le brindaban cierto alivio, como cuando estaba con Luz o cuando bebía con sus amigos. Sin embargo, el dolor de haber alejado a su hija siempre volvía a su mente. Los dolores en la garganta, el reflujo y las molestias estomacales se intensificaban, y él creía que era el llanto que no podía salir. Tal vez tenía razón. Se reprochaba a sí mismo por no haber tenido el valor suficiente para oponerse a la decisión de la partida de Elizabeth frente a Norma todo el tiempo. Se sentía culpable y no se perdonaba a sí mismo. Había permitido que otras personas decidieran por él y creía que merecía aquel sufrimiento por tal deslealtad a su esposa. Su mente era un torbellino que tarde o temprano traería consecuencias.

A pesar de todo el trabajo realizado y los logros materiales, nada compensaba su sensación de soledad. Esto se sumaba a su falta de carácter para expresar lo que en realidad quería. Esteban amaba a Norma, pero ese amor nunca fue correspondido de la misma manera. Norma aprendió a quererlo, pero nunca lo amó con la misma pasión con la que amó a Daniel Prieto. La vida de la familia Torres Baquedano parecía ideal en el exterior, con prosperidad y aparente felicidad en las calles, proyectando una imagen exitosa. No obstante, en el interior había secretos dolorosos que guardaban. Si estos secretos no salían a la luz, ¿tarde o temprano se manifestarían? De repente sí, de una forma u otra en la vida de sus descendientes.

La vida de Norma y Esteban no fue fácil, pero ellos comprendieron el porqué de cada una de sus situaciones y no las aceptaron sin más, sino que se rebelaron ante sus circunstancias. Aun así, la complejidad de las decisiones que tomaron los llevó por caminos inimaginables.

XXXV
Casualidades

Después de mucho tiempo, Norma decidió viajar a Moquegua para visitar a su familia y comprobar cómo iba su hijo Rubén en el colegio. Antes de partir, dejó a su hija Luz al cuidado de su papá en Omate. Al llegar a la casa de Samegua, Norma y Rubén, que ya tenía once años, fueron recibidos con amor y ternura por Lena y Clara. Los abrazos cariñosos llenaron de alegría el ambiente. Luego, Norma fue a saludar a su madre en el cuarto principal. La encontró recostada en la cama, agotada por las celebraciones del aniversario del distrito que habían tenido lugar la noche anterior.

—Vaya, hija, ¿qué te trae por aquí? —saludó Flora.

—Buenas tardes, madre. Vine a visitarlos después de mucho tiempo. Como lo normal es que sean ustedes los que nos visitan, no veía la necesidad de hacerlo antes —explicó Norma.

—Parece que te has vuelto una ingrata, pero así es el destino de las madres. ¿Qué podemos hacer? —se quejó Flora.

—No digas eso, madre. Tú estás bien rodeada de mis hermanos —apuntó Norma, intentando calmar la situación.

—Sí, pero cada hijo es diferente. Recuerden que la madre es sagrada —afirmó Flora, manteniendo su postura.

—Está bien, si eso es lo que dices. Iré a mi cuarto para dejar mis cosas. Esteban te envió algunos productos para la casa —anunció Norma, tratando de desviar la atención.

—Ah, sí. Gracias. Es lo mínimo que puede hacer después de haberse casado contigo. Por cierto, tu cuarto está siendo utilizado como almacén. Dejé tu cama por si venías algún día, pero está llena de cosas apiladas. Comprenderás que nos falta espacio —comentó Flora.

—Claro, madre, no te preocupes. Con su permiso, iré a acomodar mis cosas —respondió Norma, buscando evitar más discusiones.

Norma percibió en su madre una actitud altiva respecto a Esteban que no había mostrado antes. Aunque no sentía una gran pasión por su relación con Esteban, lo valoraba profundamente por su carácter y acciones. Creía que nadie más la habría recibido con tanto amor y aceptación, incluso cuando estaba esperando un hijo. A pesar de todas las diferencias, ella le tenía un gran respeto y consideración.

En ese momento, Lena llamó a Norma desde el cuarto con cierta prisa, interrumpiendo sus pensamientos.

—¡Normi, Normi! Ven, por favor —llamó Lena con urgencia.

—Voy —respondió Norma, y se dirigió a Rubencito—: Quédate aquí o ve con tu tía Clara. Voy a hablar con mi hermana.

—Está bien, mamá —asintió Rubén.

Norma entró en la habitación de Elena, quien cerró deprisa la puerta para llevarla a sentarse en la cama. Ambas se miraron, y luego...

—Normi, mira lo que tengo aquí —indicó Elena, mostrando una carta.

—¿Qué es eso? ¿Una carta? —preguntó Norma.

—Sí, es una carta. Por fortuna, la recibí yo. Adivina de quién es —dijo Elena con intriga.

—No lo sé, ¿de algún compañero de trabajo? —sugirió Norma.

—¡Es de Prieto! —exclamó Elena.

—¿Qué? ¡Qué atrevimiento! ¿Y la dejaron aquí? —preguntó Norma, sorprendida.

—Así es, pero ábrela, quiero que veas lo que dice —insistió Elena.

—No la abriré, Lenita. Soy una mujer casada y con hijos. No está bien recibir cartas de antiguos pretendientes —declaró Norma, rechazando la idea.

Norma tomó la carta que le entregó Elena y la guardó en el bolsillo del saco gris que llevaba puesto. No se sentía cómoda con la idea de leerla en ese momento, pero tampoco quería romperla. Era una carta de Daniel, aquel amor del pasado, y se preguntaba qué se habría creído después de tantos años. Sentía una mezcla de curiosidad e incomodidad.

Junto a Rubencito, se preparó para salir hacia el colegio. Sabía que el director vivía allí mismo, por lo que tal vez podría encontrarlo. Sin embargo, su mente seguía ocupada con la carta y con Daniel. No sabía qué le diría, y empezó a considerar deshacerse de aquel papel. La incertidumbre que sentía le revolvía el estómago, generando una sensación de intranquilidad en su interior.

—Mamá, ya llegamos —indicó Rubén, emocionado.

—Sí, Rubito, ya me di cuenta. A ver si nos escuchan —respondió Norma, buscando la atención de los que se encontraban adentro.

—Claro que sí, mamá. Mira, están jugando en el patio, ¿los ves? —preguntó Rubén, señalando hacia el patio del colegio.

—Ah, sí. Creo que los veo. Voy a tocar esta campana. Debe ser para que puedan oírnos —dijo Norma, decidida a llamar para ser atendidos.

Llegaron al colegio y fueron recibidos con amabilidad. Norma preguntó sobre las notas de Rubén y recibió buenas noticias. Le informaron que para tercer grado de secundaria lo llevarían al colegio militar de Arequipa, siguiendo el deseo de su padre. Los profesores elogiaron a Rubén, destacando su inteligencia y excelentes calificaciones. Norma se alegró al escuchar eso y pensó que su hijo tenía una sagacidad innata, propia de su padre… biológico. Ese pensamiento provocó que la carta reapareciera en su mente.

Recibió un documento con todas las aclaraciones de las notas de Rubén, así como los pagos pendientes. Ella se comprometió a cancelar las deudas a la brevedad posible. Después de resolver aquellos asuntos, se despidió y se retiraron del colegio, ella con la cabeza llena de pensamientos sobre el futuro de Rubén y la misteriosa carta de Daniel.

—¡Bien, hijito! Me alegra que después de tantos sacrificios, veamos los frutos en tu buen rendimiento —lo elogió Norma con cariño.

—Gracias, mamá —respondió Rubén con gratitud.

—Vamos, te llevaré a un lugar que te gustará —indicó Norma.

Salieron rumbo a la pastelería en la calle Ancash. Al llegar, la dueña, Francisca, reconoció a Norma.

—Normita, ¡qué gusto me da volver a verte! —exclamó Francisca.

—Señora Panchita, el gusto es mío. No he olvidado sus deliciosos pasteles y su buen café —respondió Norma con cordialidad.

—Gracias. Pero, por favor, pasa. Él debe ser tu hijo, ¿verdad? —preguntó la amable Francisca.

—Así es, él es mi Rubencito. Está destacándose en sus estudios y por eso ahora le toca su premio. Dame tu mejor pastel y una taza de chocolate. Y para mí, ¿puedes traerme un café, por favor? ¿Y algunos pastelillos también? —pidió Norma.

—Claro que sí, Normita. Lo prepararé todo de inmediato —respondió Francisca con entusiasmo.

Llegaron los pastelillos, el chocolate y el café. Norma observó que algunas cosas no habían cambiado mucho en la pastelería. De repente, vio entrar a dos hombres y se sorprendió al reconocer en uno de ellos a Daniel Prieto. Se apresuró para que Rubén terminara su pastel, dio un último sorbo a su café y se dirigió al mostrador para pagar a la señora Panchita.

—Son dos soles, Normita —le dijo la dueña.

—Aquí tienes. Todo estuvo muy rico. Disculpa mi premura, pero debo llegar a casa —respondió Norma, apresurada.

—Claro que sí, no te preocupes. Chau, Rubito —se despidió la señora Panchita.

En ese momento, una voz los interrumpió desde el interior del local.

—Yo pagaré la cuenta de la señora.

Norma se volteó y se encontró cara a cara con Daniel. Sorprendida, lo saludó:

—Hola, Daniel. ¿Qué te trae por aquí?

—Normita, ¡no sabes cuánto ansiaba verte! ¿Este es tu hijo? —preguntó él con emoción.

Norma asintió y respondió de forma apresurada:

—Sí. Discúlpame, debo salir. Y no te preocupes, la cuenta ya estaba pagada. Adiós.

Sin esperar más, Norma se alejó deprisa del café y se dirigió a casa.

XXXVI
Reencuentro aclarador

Al llegar a casa, Norma dejó a Rubén con Elena, ingresó al cuarto de inmediato y cerró la puerta con llave. Se sentó en la cama y abrió la carta de Daniel.

Amada Normi:

Después de tanto tiempo, tras tantas vivencias, me atrevo a escribirte para expresar aquellas cosas que no pude decirte por estar herido en mi orgullo. No fue la manera en que una relación tan bella debía terminar, y creo que mi mente nunca asumió ese final. Te llevo en mi memoria, estás presente en cada cosa que hago. Intenté en vano alejarte de mis pensamientos a través del trabajo y los estudios, pero al llegar la tarde, siempre regresabas a ellos. No sé cómo pude cegarme tanto y no escuchar tus razones. Entiendo que la participación de mis padres, en especial la de mi madre, influyó mucho en mis decisiones hasta el momento de nuestra separación. Yo tenía claro que quería vivir a tu lado y formar una familia.

Ahora han pasado más de diez años y mi vida no encuentra la paz y el sosiego que sentía cuando estabas conmigo. Mi único consuelo ha sido sumergirme en mi labor como abogado y magistrado, ocupando mi mente con todas las actividades legales que enorgullecen a mi familia; pero como dijo el rey Salomón: «todo es vanidad y querer atrapar el viento».

Te seré sincero, intenté establecerme y formalizar una relación con alguna de mis colegas, pero no funcionó y creo que no funcionará con nadie. Me di cuenta de que te busco en cada mujer a la que creo querer. Intenté trasladar mis actividades a Moquegua para retomar nuestra vida, pero no se me permitió elegir en esos primeros años de estudios y trabajo que me tocó desempeñar. Creía que de alguna manera me esperarías, pero luego noté el tiempo que había dejado pasar sin darte noticias de mí, además de nuestra ruptura amorosa. El poco tiempo que pude pasar en Moquegua fue después de cuatro años. Llegué por una semana, pero mis padres ya habían programado toda mi estadía. ¡Qué tonto fui! Estaba llenando las expectativas de mis padres y mi vida pasó a un segundo plano. Solo ahora me doy cuenta de ello.

Después de tanto insistir y gracias a algunos logros en la fiscalía, por fin me fue concedido el traslado a Moquegua. Hoy no sé cómo interpretarás esta carta escrita con el corazón abierto. Tú me llegaste a conocer como nadie. Mi vida sigue siendo solitaria, esperando que en algún momento pueda llenarse con tu presencia. Nunca dejé de amarte. Si crees que es necesario, te pido perdón. No me queda ni un ápice de orgullo cuando se trata de ti. Eres y serás el amor de mi vida, Norma. Ni siquiera pude contactar a nadie de tu familia y tampoco sé cómo se haya organizado tu vida hasta el día de hoy. Estoy dispuesto a luchar por tu cariño, porque sé que también vale la pena.

Hoy en día trabajo en el Poder Judicial, en la oficina 2B del Palacio, por las mañanas hasta el mediodía. Por las tardes, estoy en la oficina que fue de mi padre, en la calle Ayacucho, revisando documentos y resolviendo casos que me corresponden. Espero que, al leer esta carta, puedas considerar mi petición de comenzar una nueva relación. Sé que el cariño que sentías por mí era sincero, por eso me atrevo a soñar con reconquistarte.

Perdóname, Normi. No encontré otra forma de comunicarme contigo. Me despido esperando poder volver a verte y obtener una respuesta tuya.

Siempre tuyo,

Daniel Prieto H.

Norma quedó pasmada, con la carta pegada a su pecho. No podía creer que después de diez años, Daniel la siguiera amando. Muchas cosas habían cambiado desde entonces. Nadie le había contado sobre su matrimonio con Esteban y que ahora tenían tres hijos juntos. Ella era madre de dos de ellos y su esposo tenía una hija con su hermana, formando así una familia compleja. Además, el hijo mayor, Rubén, era fruto de su romance pasado con Daniel. La emoción la desbordó por un momento y suspiró, pero luego entendió que nada podía volver a ser como antes. No estaba dispuesta a sacrificar a su familia actual por comenzar una nueva vida junto a él, a pesar de que fuera el amor de su vida. Una lágrima se escapó por el recuerdo de ese cariño que no prosperó.

Sin embargo, ella quería darle una respuesta, sobre todo ahora que se habían visto en el café Ancash. De inmediato, se dispuso a redactar una carta, pero cada vez que la leía, la arrugaba y la botaba. Lo intentó una y otra vez, sin estar satisfecha con la forma en que estaba abordando la situación. Sabiendo que se irían temprano al día siguiente, decidió salir pronto, no sin antes encargarle a su hermana Elena que cuidara bien a Rubito. Se dirigió hacia la oficina de Daniel, aunque no tenía certeza de que él estuviera allí, pero quería intentarlo.

Tocó la puerta y no escuchó ningún movimiento dentro del estudio. Por la ventana, asomó la cabeza un vecino que la miró y le preguntó:

—¿Sí? ¿A quién busca?

—Estoy buscando al Dr. Prieto, ¿lo conoce? —respondió Norma.

—Ah, sí. No debe tardar en llegar. Salió hace más de una hora, pero suele trabajar hasta tarde —explicó el vecino.

—Gracias. Espero que no tarde mucho, ya que no tengo tanto tiempo.

—Tenga paciencia, señora. El doctor es una buena persona —afirmó el vecino con amabilidad.

Norma se sentó en una grada para reflexionar sobre lo que estaba haciendo. Le pareció una locura y decidió que era mejor retirarse, convenciéndose a sí misma de que tal vez no encontrar a Daniel era una señal de que Dios no quería que se volvieran a ver. Mientras bajaba por la calle Ayacucho para tomar el atajo hacia su casa, levantó la mirada y se percató de que alguien la observaba parado frente a ella. En efecto, era Daniel.

—Normi, ¡no sabes cuánto me alegra verte! —exclamó él mientras la abrazaba y le daba un beso en la mejilla.

—Daniel, por favor —respondió Norma, apartándolo con suavidad con las manos.

—Es mejor que pasemos a mi oficina —propuso él.

—Sí, claro. Debemos hablar —accedió Norma.

Entraron a la oficina. Norma notó que no había cambiado mucho desde la última vez que estuvo allí. Algunos muebles habían sido reemplazados y el escritorio estaba lleno de papeles, más de los que recordaba. Los recuerdos de su pasado con Daniel aparecieron en su mente, en especial los momentos intensos y apasionados que compartieron. Sacudió la cabeza para enfocarse y se sentó en el sillón de invitados, preparada para hablar.

—Leí tu carta, me conmovió —comenzó Norma—. No imaginé que después de tanto tiempo aún pudieras despertar esos sentimientos en mí.

—Sabes bien, Normi, que nunca jugué contigo. Nuestra relación siempre fue seria y, por mucho que intenté olvidarte, solo volvías a mi mente con más fuerza —confesó Daniel con sinceridad.

—¿En serio? Es una pena que haya pasado tanto tiempo. Para mí tampoco fue fácil. El niño que viste en el café es mi hijo, y tengo dos hijas más. Comprenderás que volver contigo ya no es una opción para mí —explicó Norma.

—¿Y con quién te casaste? ¿Hace cuánto tiempo? ¿Lo amas? —preguntó Daniel.

—Se llama Esteban. Me casé hace diez años y sí, quiero a mi esposo. ¡Faltaba más! Creo que tus preguntas son indiscretas —repuso Norma, algo molesta.

—Lo siento, Normi. No quiero resignarme a perderte. Tengo propuestas para volver a Ica, con ascensos y mejores salarios. Podríamos empezar de nuevo allí, con tus hijos. No me importa, aprenderé a quererlos —propuso Daniel con desesperación.

—No tienes idea de lo que dices, Daniel. Vivo con mi esposo y mis hijos. Tu propuesta no es viable. Por favor, no vuelvas a mencionarlo. Podemos ser amigos, en memoria del cariño que nos tuvimos, pero nada más —declaró Norma con firmeza.

—¡Amigos! Siempre lo fuimos. Fuiste mi mejor amiga, pero estaré al pendiente de lo que pueda pasar. De verdad espero que seas feliz. Y si no, estaré aquí para ti, Normi. Siento mucho todo lo que dejé pasar. Gracias por venir. Eso me hace pensar que todavía queda algo de cariño tuyo por mí —expresó Daniel con nostalgia.

—Sí, claro, Daniel. Después de todo lo que vivimos juntos, sería imposible no tenerte aprecio. Fue bueno volverte a ver. Adiós —se despidió Norma de manera decidida.

—Adiós, Normi —dijo Daniel, acercándose, y le dio un beso en la mejilla.

XXXVII
Volviendo a la realidad

Norma salió de la oficina sintiéndose tensa y se dirigió hacia la casa en Samegua. Estaba anocheciendo y quería llegar pronto. Al entrar, vio a Rubencito acercarse y abrazarla. Sus ojos estaban llorosos y eso la preocupó.

—Hijito, ¿qué te pasó? —preguntó ella, acariciando su cabello.

—Mami, por un momento tuve miedo de que me hubieras dejado y sentí tristeza —respondió él entre sollozos.

—¿Cómo crees, amor? Tú eres mi hijo querido y no tendría ninguna razón para dejarte —lo tranquilizó Norma—. ¿De dónde sacaste esa idea?

—Mi tía Clara me contó algunas historias de personas que desaparecían y pensé que podría haberte pasado algo.

—¡Esa Clara! Ahora me va a escuchar —exclamó Norma, molesta.

—No, mamá, por favor, no le digas nada —suplicó Rubencito—. Ella es muy buena y no creo que lo haya hecho a propósito.

—Tienes razón. No le diré nada a tu tía. Será mejor que nos preparemos para descansar. ¿Comiste algo? —preguntó Norma, cambiando de tema.

—Sí, madre, gracias. Tía Lenita me hizo una sopita de carne —respondió Rubencito.

—Bueno, iré a ver qué puedo preparar para la cena. Ojalá encuentre algo —dijo Norma mientras se dirigía a la cocina.

XXXVIII
El hogar

Llegaron por la tarde a Omate. Al entrar, Luz se abalanzó sobre su madre para darle la bienvenida. Se abrazaron y Norma preguntó por Esteban. Le informaron que había salido para resolver algunos asuntos del municipio, ya que el alcalde lo había llamado. Rubén fue a su habitación para dejar sus cosas mientras Norma se instalaba en su cuarto y se cambiaba de ropa. Luego, se dirigió a la cocina para hablar con Juanita, la nueva ahijada de Esteban que les ayudaría durante algunos días.

—Juanita, ¿cómo estás? ¿Preparaste algo para el almuerzo? —preguntó Norma.

—Sí, madrina. Hice matasquita con lo que encontré en la despensa —dijo Juanita.

—¡Qué rico! ¿Queda algo para que mi hijo y yo comamos?

—Sí, madrina. Sabía que llegarían con hambre, así que mi padrino me pidió que cocinara un poco más.

—Muy bien. Caliéntalo y sírvenos, por favor —indicó Norma.

—Enseguida, madrina. ¿Vienen aquí a la cocina o prefieren comer en el comedor?

—Creo que aquí está más cálido el ambiente. Nos quedamos en la cocina —decidió Norma.

Disfrutaron del almuerzo —casi cena, por la hora— y luego tomaron un mate caliente mientras esperaban a Esteban. Entretanto, conversaron con Juanita, quien les contó lo que habían hecho durante su ausencia. Habló sobre la buena relación que tenían Esteban y la pequeña Luz, de una noche en la que él se sintió triste por su hija Elisita, de los nuevos clientes que llegaron de la zona agrícola de Mariscal Nieto en busca de semillas y también de los hombres que buscaban a Esteban para hacer pagos al municipio. En ese preciso momento, escucharon un ruido en la puerta. Era Esteban, que entraba a la casa.

—¡Normita! Normi, ¿dónde estás? ¿Ya llegaste? —llamó Esteban, emocionado.

—Creo que tiene algunas copas de más. Mejor que los chicos se queden aquí en la cocina —le sugirió Norma a Juanita.

—Sí, madrina.

Norma salió al encuentro de Esteban, quien, en efecto, estaba bajo los efectos del alcohol. Ella lo tranquilizó y lo invitó a pasar al cuarto para seguir conversando. Él accedió y, acomodando su espalda, entre balbuceo y balbuceo, quedó dormido. De inmediato, Norma fue a buscar a los niños para que durmieran en sus respectivas habitaciones. Una vez que todos estuvieron acostados, ella también se alistó y se fue a la habitación de invitados, ya que Esteban roncaba con fuerza cuando había bebido y eso le resultaba insoportable.

Al día siguiente, todos estaban tranquilos durante el desayuno. Hablaron de las notas de Rubén, de la organización de la ceremonia de primera comunión de Luz y también de la salud de Esteban, quien no se había sentido bien en el último tiempo. Él quería ir a Moquegua para hacerse algunos chequeos médicos, pero todos acordaron que podía esperar, ya que tenían cosas más importantes que hacer. Podría ser un error de prioridades mal establecidas.

XXXIX
Primera comunión

El terremoto de Arequipa, que también afectó a Moquegua, dejó profundas secuelas y enseñanzas en la población. Las personas aprendieron a valorar aún más sus relaciones personales y sus tradiciones. Los lazos de hermandad entre los distintos poblados se fortalecieron y se evidenció un destacado trabajo ciudadano, más allá de las diferencias ideológicas y principios individuales.

Las restauraciones de templos y casonas que requerían tanto tiempo como inversión contaron con el apoyo de diversas fundaciones y donantes comprometidos con la recuperación de la fachada y el casco histórico de la ciudad. Aunque el proceso de restauración fue arduo, se logró avanzar de manera considerable en la reconstrucción de las localidades más cercanas a Omate que no contaban con construcciones de gran magnitud. Sin embargo, los templos requerían trabajos minuciosos y detallados, lo que implicó que las celebraciones religiosas fueran limitadas durante el período de reconstrucción.

Las actividades económicas de Esteban y su cuñado Augusto les proporcionaban muchas satisfacciones. Su reputación creció gracias a la calidad de sus productos y al excelente servicio de entrega que ofrecían. Además, se destacaban por ser oportunos en el pago de sus facturas, lo que les ganó el respeto tanto de sus clientes como de sus proveedores. Los lazos entre ellos se estrecharon aún más, y se convirtieron en una suerte de camaradas.

Al finalizar uno de esos agotadores días de trabajo, tuvieron una conversación relajada.

—Ahora sí que estamos cansados, ¿verdad? —comentó Esteban.

—Sí, creo que nos estamos haciendo viejos, o tal vez ese envío era demasiado pesado —respondió Augusto, riendo.

—Supongo que ambos —añadió Esteban, también riendo.

—¿Ambos? ¿A qué te refieres, Teban? —preguntó Augusto.

—A que estamos viejos y ese envío nos rompió la poca espalda que nos quedaba —explicó Esteban entre risas.

—Sí, sí, ¡salud! —brindó Augusto, levantando su vaso.

—A tu salud, cuñado —respondió Esteban—. Augusto, aprovechando este momento, quería hacerte una petición muy importante. Quería pedirte algo y espero tener una respuesta favorable de tu parte.

—¿Sí? ¿Qué te traes, Teban? Sabes que cuentas conmigo, hermano —aseguró Augusto, algo intrigado.

—Gracias. Sabes que Lucecita se está preparando para su primera comunión. La celebración será el próximo 8 de diciembre, en la fiesta de la Virgen Inmaculada. Quería pedirte que seas el padrino de mi hija. Le pediré a tu madre que sea la madrina —explicó Esteban, emocionado.

—Es un gran honor para mí, Esteban. Por supuesto que acepto. Gracias por la designación. ¿Ya lo sabe Norma? —preguntó Augusto.

—Sí, sabía que te lo pediría. Además, si en algún momento yo faltara en mi hogar, sé que podrían contar contigo. Eres el hermano más leal que tengo. Aprecio mucho eso, Augus —expresó Esteban con gratitud.

—¿Qué dices, Teban? Todavía tenemos muchas cosas por hacer en esta vida. No estés pensando en tonterías —lo reprendió Augusto con una sonrisa.

—Tienes razón. ¡Salud, hermano! —brindó Esteban entre risas.

Levantaron sus vasos en un gesto de camaradería, celebrando su amistad y los momentos que aún esperaban trabajar juntos.

Los preparativos para la primera comunión de Luz se llevaron a cabo con mucha anticipación, pues su cumpleaños del año anterior fue cancelado por el temblor que hubo en la zona. Querían que esa ocasión fuera especial y con gran pompa, aprovechando el día festivo en Omate por la magna celebración de la Virgen Inmaculada. Aunque invitaron a casi todas sus compañeras de clase, sabían que muchas no podrían asistir debido a sus propias ceremonias de primera comunión. La fiesta se llevaría a cabo en la casa de la familia Torres Baquedano, que estaba dispuesta a hacer todo lo posible para que fuera un evento inolvidable. Esteban incluso invitó a los curitas para que se unieran a ellos después de la ceremonia religiosa. Con todo listo, la emoción por la celebración iba en aumento.

Luz estaba abrumada por la emoción y el significado profundo que tenía para ella el sacramento de la comunión. Al ser Norma una persona muy religiosa que comulgaba todos los domingos, el ritual tenía una importancia especial para su hija, quien lo consideraba la experiencia más grandiosa de su vida. Había estudiado con cuidado el catecismo de la religión católica y, en un momento, incluso consideró que su vocación podría ser la vida monástica.

A pesar de su tierna edad, entendía el sufrimiento que Jesús había soportado por culpa de los pecados de la humanidad. Sentía una profunda comprensión de la miseria a la que los seres humanos estaban sujetos por sus malas decisiones. Sin embargo, encontraba consuelo en saber que sus propios pecados (¿qué pecados podría tener una niña de nueve años?) serían perdonados a través de la confesión y la comunión.

Luz valoraba de sobremanera cada paso que la acercaba a ese momento tan especial en su vida. La anticipación y la gratitud se mezclaban en su corazón mientras se preparaba para recibir ese sacramento, que consideraba un momento trascendental en su relación con Dios.

El día de la primera comunión llegó y todos en la familia se prepararon desde temprano. El vestido de Lucecita era precioso, un hermoso traje blanco con encaje y una falda larga. Llevaba medias y zapatos blancos con un velo de croché y un rosario del mismo color. A pesar de su nerviosismo, tomó el acontecimiento con mucha seriedad, rezando en su interior y recitando con devoción las avemarías y el padrenuestro con cada cuenta del rosario.

La familia, vestida con elegancia, salió de casa y se dirigió al templo. Luz llevaba consigo la emoción y la preparación espiritual que había acumulado en los días previos. En la iglesia, ocuparon las primeras bancas junto a la familia de Norma. La celebración eucarística cantada se desarrolló sin contratiempos, y cuando llegó el momento de la comunión, los niños formaron una fila para recibir el cuerpo de Cristo. Luz, con una profunda fe y comprensión, se acercó y aceptó recibir la hostia, soltando algunas lágrimas de emoción.

Una vez finalizada la ceremonia, en la puerta de la iglesia comenzaron los intercambios de capillos entre los niños, pero Luz no se encontraba allí. Esteban y Norma la buscaron, preocupados, hasta que la vieron en el centro de la plaza, rodeada de otros niños. Emocionados, descubrieron que ella estaba compartiendo su experiencia con la imagen de Jesús crucificado y brindando consuelo a algunos niños humildes. Les daba sus capillos y les hablaba sobre la vida y el amor que tenía Jesús con todos, según lo que ella entendía. La actitud compasiva y solidaria de Luz conmovió a profundidad a sus padres, quienes se sintieron orgullosos de ella y de la conexión espiritual que había alcanzado en ese día tan especial.

Ya en casa, los músicos llegaron y los invitados disfrutaban de las deliciosas viandas que habían sido preparadas para la ocasión. Poco después, también se unieron los curitas, quienes se animaron a participar en la fiesta y empezaron a bailar al ritmo de los huaynos que tocaban los instrumentistas. El ambiente estaba lleno de alegría y la mayoría de los presentes estaban contentos y disfrutando del momento.

Esteban notó que Rubén abrazaba a Luz como si la estuviera consolando. Intrigado, se acercó para averiguar qué estaba sucediendo.

—Hijita, ¿por qué lloras? Es una fiesta en tu honor, deberías estar feliz —le preguntó Esteban a Luz, preocupado por verla triste.

—Sí, papito. Es que al ver a los curitas aquí, me entristeció saber que Jesús se quedó solo en la iglesia, ¿me dejarías ir para acompañarlo? —respondió Luz con sinceridad.

—Hija, Jesús está en todas partes. Está aquí con nosotros y también en la iglesia. No estés triste —intentó consolarla Esteban—. Rubén, anda. Saca a tu hermanita a bailar —ordenó, cambiando de tema y buscando distraerla.

La música y la alegría continuaron en la fiesta, y todos disfrutaron de la celebración. Aunque Luz tenía sus pensamientos en ese Jesús que le habían presentado en la catequesis, luego de un rato se dejó llevar por el ambiente festivo y la compañía de su familia y amigos. La fiesta fue un éxito y todos quedaron satisfechos con la atención y organización del evento.

XL
Causalidades

Esteban era un bebedor social. Aunque no llegaba al extremo de consumir alcohol todos los días, en el pueblo se esperaba que los fines de semana estuvieran acompañados de alguna tertulia y unas cuantas copas. A pesar de esto, su personalidad no se veía afectada por la arrogancia o la violencia. Él era un hombre tranquilo, que prefería escuchar y mantener la paz a su alrededor. Evitaba las disputas y los debates acalorados, y su reputación se basaba en su honestidad y en cumplir con su palabra. Esto le ganó el aprecio de la gente en el pueblo.

A diferencia de muchas familias importantes en la zona, Esteban no provenía de una familia con apellido pomposo ni tenía grandes propiedades o haciendas. Sus parientes paternos tenían vínculos políticos con los hacendados de Challapampa y Capullana, cerca de Carumas, una región conocida por su fértil producción de alfalfa peruana. Aunque conocía a estos parientes y mantenía una relación cordial con ellos en los escasos encuentros que tenían, nunca buscó acercarse más o establecer una amistad con ellos. No le interesaba aprovechar su posición o influencia.

A lo largo de su vida, sus mayores aspiraciones fueron formar una familia y demostrarles su amor y dedicación. Sin embargo, las cosas no siempre salieron según lo planificado. Aunque se unió a Norma para construir una familia por el amor que le tenía, ella nunca lo amó de la misma manera. Aceptó estar con él para dejar atrás un pasado complicado, incluyendo un embarazo con Daniel Prieto, aquel pretendiente sin carácter, y criar al hijo de esa relación como propio.

Además de todo, Esteban cometió el error de tener un affaire con Clara, la hermana de Norma, que resultó en el nacimiento de Elizabeth. Esta hija nunca fue aceptada a plenitud por Norma, pero Esteban siempre la quiso y lamentó la distancia que creció entre ambas, lo que provocó tener que alejar a la niña para su crianza.

Aunque los secretos pueden ser guardados durante generaciones, a veces, una corazonada o un acontecimiento revelador sacan a la luz aquello que ha sido ocultado por tanto tiempo.

Norma y Esteban, la reina contra el as, aprendieron a quererse y respetarse, perdonándose entre sí por todo lo que habían pasado. Su relación se volvió muy visible ante los ojos de la comunidad omateña y disfrutaron del estatus que habían logrado a lo largo de los años gracias a su buen trabajo. Se convirtieron en un puente entre la gente humilde, que venía de los poblados más pobres y golpeados de la zona, y los políticos y hacendados del valle. Algunos lugareños los apadrinaron, una costumbre que buscaba proporcionar mejores oportunidades para los hijos de estas personas.

Uno de los niños apadrinados se llamaba Juanito Vargas, nacido en Yunga, un pequeño pueblo al este de Omate. Juanito quedó huérfano y fue criado por su abuelo, a quien apodaban «el Mendigo de Ubinas», porque pedía ayuda a las afueras de los baños termales del volcán para alimentar a su nieto. Esta historia conmovía mucho a Esteban, quien ahora veía esa realidad desde afuera. Esteban nunca le exigió nada a Juanito, a quien por cariño llamaban Juani, y a veces le permitía quedarse en su casa, aunque en otras ocasiones se escapaba.

Esteban se esforzó mucho por guiar la vida del niño y brindarle oportunidades, pero su inestabilidad emocional se lo impedía en ocasiones. Rubén y Luz, por su parte, querían mucho a Juani, quien era muy servicial y les ahorraba energía en las tareas que ellos no querían hacer.

Norma, por otro lado, no era altiva en su trato, pero debido a su crianza, mantenía un complejo de superioridad frente a sus vecinos y a la gente del lugar. No permitía que nadie la tuteara y para sus ahijados y ahijadas era «mamá Norma», rechazando el término «madrina». Esta actitud se convirtió en un sello distintivo en sus hijos, quienes, aunque estaban dispuestos a ayudar, lo hacían desde un sentimiento de superioridad ante los demás.

XLI
Travesuras navideñas

Se acercaba la Navidad de 1961 y los preparativos para las festividades eran únicos en el pintoresco pueblo de Omate. Se armaban nacimientos, las celebraciones llenaban de alegría a todos y los chicos disfrutaban de sus vacaciones, listos para salir a jugar y pasear. Algunos mantenían la ilusión de recibir juguetes, pero para la mayoría de ellos, la Navidad significaba las chocolatadas, las travesuras en la iglesia y el reencuentro con aquellos amigos que estudiaban lejos, como era el caso de Rubencito.

Sus waykis, Abel y Dante, como él los llamaba, vivían fuera del pueblo. Al final del año, solían retarse para demostrar su valentía, buceando o nadando en el río o atreviéndose a besar a alguna niña como parte del juego. Los tres lideraban un grupo de casi veinte niños y caminaban juntos por la rivera mientras planeaban sus aventuras para ese año.

En una de sus reuniones, conversaron y aprobaron un plan arriesgado: cruzar la oroya, una especie de canasta suspendida por una cuerda metálica en la salida de Omate, por la carretera de la región Sánchez Cerro. Decidieron que, para elegir quiénes irían, harían un sorteo utilizando palitos. Los niños más pequeños no participaron en el sorteo y se quedarían en el pueblo.

Al día siguiente, al amanecer, solo Rubén, Carlos y Pedrito estuvieron listos para la aventura. Pedrito, el más pequeño del grupo, al final no pudo unirse, pero no reveló los planes de los demás. Debían llegar antes de que el guardián, encargado de cruzar a los pobladores al otro lado del río, llegara, lo que por lo general ocurría al mediodía.

Reunidos en el lugar acordado, los valientes se dieron ánimos mutuos antes de comenzar. El sistema de cruce consistía en una cuerda metálica tensada de lado a lado del río, con una canastilla en la que los niños se acomodarían para cruzar. Por suerte, la oroya, que era la plataforma de la canasta, estaba del lado de ellos en ese momento.

Sin perder tiempo, Rubén y Carlos se subieron a la canastilla y sus amigos los empujaron hacia la zona límite para iniciar el cruce. Una vez suspendidos a un cuarto de la distancia, Carlos se asustó ante la altura y la emocionante pero peligrosa travesía que les esperaba.

—Rubén, quiero que regresemos —exclamó.

—¿Estás loco? —replicó Rubén—. Sabes que seríamos el hazmerreír de todos si nos rendimos.

—Tengo miedo, Rubén. Mira, el río está crecido. Vamos, ellos nos entenderán.

—¡Ánimo! Será solo un momento —aseguró Rubén—. Además, da igual si regresamos ahora o logramos llegar al otro lado.

—No, falta mucho. Quiero bajarme —insistió Carlos.

—Carlos, basta. Estás moviendo la canastilla. Si sigues así, ambos podemos caer —advirtió Rubén—. Tienes que calmarte.

—Quiero bajarme.

La oroya se tambaleó y Rubén se asustó. Con cada remezón, sentía que se resbalaba y no tenía opción de jalar la cuerda y avanzar. Carlos, nervioso, se resbaló y, por fortuna, quedó trancado entre los metales de la canastilla, boca abajo y mirando hacia el río. Empezó a llorar y le pidió a Rubén que lo ayudara. Él logró estabilizar la canastilla y aseguró la pierna de Carlos para evitar que cayera. Decidieron regresar.

—Carlos, vamos a regresar —indicó Rubén—. Te tengo seguro, no te caerás, pero necesito que te tranquilices. Quiero que no mires abajo. Si es posible, cierra los ojos. Yo jalaré la canastilla de regreso.

—No me sueltes, Rubén —pidió Carlos—. Por favor.

—No lo haré. Vamos.

Haciendo fuerza, Rubén jaló la cuerda para que la canastilla regresara. Resultó más difícil de lo que parecía, pero poco a poco avanzaron. Rubén sudaba con cada jalón que daba. Sus manos empezaron a quemar, pero sabía que no podía ceder. Casi llegando, la presión en la pierna de Carlos hizo que parte de la canastilla se aflojara y se deslizara un poco más. Carlos empezó a gritar.

—¡Rubén, no me sueltes! ¡Por favor, no me sueltes! —suplicó.

—Tranquilo. Cierra los ojos, te lo dije.

—¡No! ¡Voy a caer!

—No vas a caer, ¡caray! Voy a aflojar esto. De lo contrario, te quedarás sin pierna.

—No, por favor, ¡voy a caer! —gritó Carlos entre lágrimas.

Carlos soltó la pierna y cayó al pasto, que ya estaba cerca, junto a los otros chicos, que lo miraban riendo. Carlos abrió los ojos y vio que habían logrado llegar a salvo. Sus amigos se reían de él. Por otro lado, Rubén cayó exhausto debido al gran esfuerzo que hizo para llegar. Sus manos estaban llenas de ampollas. Aquella hazaña quedó grabada en el recuerdo de aquella Navidad del 61.

La travesura de Rubén llegó a oídos de Esteban y Norma. Sabían que era un niño inquieto por naturaleza y habían escuchado, por boca de los curas en su colegio, de sucesos similares que sucedían, en su mayoría, cuando estaba con su amigo Enrique. Aunque Rubén disfrutaba de cierta libertad al estar solo a esa edad, había sobrepasado los límites impuestos por los profesores y curas. Sin embargo, debido a su buen rendimiento académico, los comentarios sobre sus travesuras quedaban en segundo plano, en especial porque Esteban se aseguraba de mantenerse al día con las mensualidades del colegio y les enviaba algunos productos de su negocio a los profesores. Aunque no era a modo de soborno, sí promovía un mejor trato para su hijo.

La travesura de la oroya —subir a la canastilla— fue el límite aceptado para Esteban. Al hablar con Norma sobre ello, tomó un tono de cierta ironía, lo que no cayó bien en ella. Norma defendió a su hijo argumentando que, aunque sus travesuras no eran excusables, era un niño inquieto, como la mayoría de los jóvenes de su edad, y le recordó que Rubén lo tenía en un pedestal y lo consideraba su padre real. Norma dejó claro que nunca habían insinuado lo contrario, a pesar de que no era su hijo biológico.

Esteban, consciente de su error al mencionar el tema de esa manera, se disculpó y expresó su preocupación sobre la falta de tiempo para guiar a Rubén de manera adecuada. Propuso enviarlo al colegio militar de Arequipa, atisbando que podría ser la solución para sus inquietudes.

Norma aceptó la propuesta y le pidió paciencia para Rubén. Luego, Esteban mencionó su deseo de poner una fecha para el regreso de Eli, manifestando lo mucho que la extrañaba. Norma aceptó discutirlo más adelante.

Al final, Norma se disculpó por tener que salir, ya que había acordado con María Santisteban tomar el té en su casa.

Esteban se percató de que Norma había evitado la conversación sobre el tema de su hija Elizabeth y sintió un dolor en su corazón por la frialdad que había mostrado hacia su pequeña. Mientras tanto, fue a hablar con Rubén para reprenderlo por su travesura y comunicarle las decisiones sobre su futuro académico. No quería darle ninguna oportunidad de repetir ese tipo de comportamiento, por lo que le hizo entender que debía asumir la consecuencia de sus acciones. Rubén nunca imaginó que esa travesura le acarrearía tantos problemas.

La noche de la bajada de Reyes, sucedió también, entre otras cosas, que... Con toda la inocencia en su corazón, Luz seguía dejando su calcetín con la pequeña lista de los regalos que deseaba recibir de los Reyes Magos, esperando con ansias que le llevaran el regalo que había pedido para dicha fecha, el 6 de enero. Ese día salió temprano y en silencio para ver si por fin conocería a esos reyes que siempre le habían otorgado los juguetes que más le gustaban. Escondida tras el aparador del comedor, escuchó con emoción la bulla, imaginando su encuentro con los míticos personajes. De repente, vio entrar a su papá con una bolsita en la mano. Atónita, se dio cuenta de que él era quien llenaba la media o colocaba al lado de esta los regalos que ella había pedido. La desilusión la embargó y no pudo contener las lágrimas mientras se retiraba a su cuarto, llevando consigo el pesar de haber descubierto la verdad.

XLII
Diagnóstico

Esteban estaba preocupado por el futuro de su familia en caso de que algo le sucediera a él. Aunque confiaba en su cuñado Augusto para que se hiciera cargo de los negocios en beneficio de su hermana y sus hijos, insistía en que Norma y Luz aprendieran a despachar los pedidos de la tienda, vender la cerveza y enviar las remesas por las semillas que recibían. Sin embargo, sus esfuerzos nunca tuvieron éxito, ya que era demasiado condescendiente con ellas.

A pesar de que tenía treinta y seis años, Esteban sentía que sus fuerzas estaban decayendo. No solo era el desgano y la tristeza por su hija, también su cuerpo se agotaba más rápido y experimentaba malestares respiratorios que antes no tenía. Sabía que necesitaba someterse a unos chequeos médicos, pero siempre posponía la visita. Nunca compartía sus malestares con nadie y se esforzaba por asegurarse de que su familia recibiera la mejor atención, llegando incluso a consentirlos en exceso. Su vida giraba en torno a ellos. Desde el nacimiento de Luz, su vida íntima marital disminuyó, lo que le generaba un sentimiento de culpa por Norma, quien, por su parte, utilizaba este argumento para recibir más atención de él.

Norma era una figura frecuente en la escuela donde estudiaba Luz, y la consideraban una dama distinguida. Siempre se vestía con sobriedad y tenía modales refinados. Mantenía una amistad cercana con la directora, la señora Beatriz Loayza, quien siempre le pedía que enseñara cursos de manualidades y etiqueta o buen comportamiento en la escuela. Sin embargo, Norma rechazaba con amabilidad la oferta, argumentando la falta de tiempo para desarrollar las materias solicitadas.

Esteban por fin tomó la decisión, junto a Norma, de permitir el regreso de Elisita. Durante una larga discusión, buscaron culpables de aquella elección que afectó el bienestar de la niña. Norma no aceptó que Esteban la increpara. Al final, más allá de quién fuera responsable, llegaron a la conclusión de que Elisita no podía quedarse más tiempo. Esto alivió a Esteban, pero también lo hizo sentir culpable por no haber tomado esa resolución antes y ser más firme respecto a alejar a su hija.

A la mañana siguiente, al despertar, Esteban se sintió apagado y con poca energía. Al tocarse el cuello, notó pequeños bultos en los ganglios y una leve molestia estomacal. Cuando fue al baño, observó un color inusual en sus deposiciones, lo que lo preocupó. Decidió entrar a la habitación para conversar con Norma sobre su estado de salud.

—Normita, buenos días. Desde hace un tiempo no me estoy sintiendo muy bien —explicó—. Ahora encontré unos bultos medio extraños en mi cuello y tengo una molestia estomacal que me provocó unas deposiciones distintas.

—¿Sí? Esteban, no me asustes por favor —respondió ella, y le tocó los ganglios—. Si me permites —pidió. Después de palpar su cuello, tocó aquellos pequeños bultos—. Sí, estoy sintiéndolos. Creo que sería bueno que vayas a Moquegua para un chequeo. Pedro está trabajando en el Hospital Regional, puede darte información de lo que está pasando —indicó Norma con preocupación.

—Creo que será mejor ir hoy mismo. Aprovecharé para poder volver mañana, ya que tengo muchas cosas pendientes —resolvió Esteban.

—Está bien. Con eso ves a Rubencito. Espero que no tengamos que lidiar con otra de sus travesuras —finalizó la conversación Norma.

Esteban alistó algunas de sus cosas y partió rumbo a Moquegua. Llegó por la tarde y de inmediato pidió cita en el Hospital Regional. No pudo ubicar a su primo Pedro porque ya no estaba de turno. Durante la consulta, lo atendió el Dr. González, quien tenía conocimientos sobre endocrinología, aunque en ese entonces no existía una especialidad formal en ese campo. El médico le hizo unas cuantas preguntas, revisó su pulso, escuchó su respiración con el estetoscopio y procedió a palpar la zona de los ganglios. Para verificar coincidencias con su sintomatología, le pidió análisis adicionales.

Esteban sintió un poco de angustia y le preguntó:

—Doctor, ¿qué piensa que podría estar pasando?

—¿Le duele? —preguntó el médico, tocándole el cuello.

—No, doctor. Es más, si no me lo hubiera tocado, nunca me hubiese dado cuenta —respondió Esteban.

—Bien, creo que lo mejor será analizar el tejido. Debo sacar una muestra, pero será una cirugía menor. Espero que sea valiente.

—Sí, claro, doctor. Proceda, por favor.

El médico preparó a Esteban para la cirugía menor utilizando solo anestesia local. Hizo una incisión muy pequeña para extraer con una aguja especial un poco del tejido inflamado, a fin de analizar su naturaleza. Esteban estaba recostado y solo sintió el pinchazo inicial. No experimentó un gran dolor durante el procedimiento.

—Es preciso que vuelva la próxima semana para darle los resultados. Mientras tanto, descanse y relájese. No necesita llenarse de actividades que desgasten su salud. Esperemos buenas noticias, señor Esteban —se despidió el doctor.

—Perfecto, doctor. Muchas gracias —respondió Esteban.

Al salir del hospital, Esteban quedó algo pensativo sobre la consulta. No le gustó el rostro del doctor al momento de tocar los bultos en su cuello. Para él, los detalles médicos solo eran alarmantes cuando se trataba de problemas respiratorios o digestivos, que eran los que más conocía. Creía que tal vez solo sería alguna inflamación producida por su vida agitada. Se fue caminando a la casa de Samegua, que seguía en refacciones tras el terremoto.

Al llegar al cuarto de Norma, se reunió un momento con Augusto, a quien le contó el motivo de la visita al médico. Charlaron sobre los siguientes negocios que desarrollarían. Esteban estaba contento de saber que ahora estarían más tiempo con Elisita, un deseo que tenía desde hacía mucho. Augusto también celebró que hubieran decidido que su hija regresara.

Luego de la reunión, Esteban entró al cuarto, se puso unas prendas más holgadas para dormir y se recostó con la intención de salir temprano por la mañana. Esa noche tuvo un sueño inquietante en el que su hija volvía, pero al verla, ella no lo reconocía. Norma tampoco lo reconocía. En su sueño, se desesperó tratando de alcanzarlas mientras se alejaban más. Luego, llegó a su casa y todos estaban llorando. La desesperación lo invadió hasta que por fin despertó. Intentó acomodarse para descansar, pero ya estaba amaneciendo. Preparó sus cosas y salió para tomar el camión de regreso.

Durante toda la semana posterior a su revisión médica, Esteban estuvo tranquilo, ocupándose de sus actividades diarias y resolviendo cada situación que enfrentaba. Se sentía capaz de capear el temporal sin problemas. Estaba a la espera de los resultados de los análisis y planeaba pedirle a Pilar que enviara a Eli a Moquegua para estar juntos.

Decidió corregir algunos hábitos nocivos, como el alcohol y el cigarro, y evitar enojos y peleas, pues pensó que no había motivo para mantenerlos. También visitó Carumas para estar con su madre, Clotilde. Cada vez que él llegaba era una fiesta para ella. Le preparaba su comida favorita y lo atendía como a un rey, aunque no era muy amable con Norma. Esteban entendía que su madre consideraba que su esposa no lo quería como debía.

Braulio ya era mayor y cualquier excusa era buena para tomar un poco de caña. Su trato hostil aminoró con los años. A pesar de su pasado complicado, abrazaba a Esteban y le decía con orgullo: «¡Este es mi hijo, carajo!». Sentía un profundo orgullo por la forma en que Esteban había salido adelante a pesar de todas las circunstancias difíciles en las que había crecido. Cada vez que recordaba su pasado, Braulio lloraba y le pedía disculpas. Esteban siempre lo consolaba y le agradecía, diciéndole que gracias a su rigurosidad había aprendido mucho y había logrado superarse.

El lunes por la mañana, Esteban recibió un telegrama del Dr. González indicando que ya tenía los resultados y que era urgente que fuera cuanto antes a su consultorio en el Hospital Regional. Al leerlo, se preocupó por el tono de urgencia que llevaba el mensaje. Preparó algunas cosas, encargó sus trabajos y partió de nuevo hacia Moquegua. Llegó al atardecer y se dirigió al consultorio del doctor, pero no pudo ser atendido de inmediato. El médico le dio la dirección de su casa para que lo visitara esa noche.

Esteban recibió la tarjeta con la dirección y fue primero a dejar sus cosas en la casa de Samegua. Luego, salió hacia la casa del doctor, que se encontraba en la calle Ayacucho. Al llegar, lo recibió su hija, quien lo hizo pasar al comedor para esperarlo. Esteban dejó su abrigo en la entrada y se sentó a esperar. Después de unos minutos, escuchó la voz del médico desde otra habitación.

—Hola, Esteban. ¡Qué gusto me da verte! —lo saludó el doctor al verlo.

—Buenas noches, doctor. Estoy aquí porque recibí su telegrama —explicó Esteban.

—Sí, quise darte la noticia en persona debido a lo delicado de la situación. Los nódulos que presentas en el cuello son adenomas, lo que representa un alto riesgo de propagación. Deben intervenirse cuanto antes. Por desgracia, en Moquegua no contamos con los tratamientos necesarios, que son sesiones de radioterapia de yodo y, de ser necesario, una cirugía. Por ello, te debo derivar al INEN en Lima, donde se encuentran los especialistas. Debes empezar a hacer los trámites para que el seguro social te derive y te proporcionen los pasajes cuanto antes —explicó el doctor con seriedad.

—Bueno, doctor, pero no puedo ausentarme por mucho tiempo. Tengo una familia que mantener y dependen de mí. Tal vez el próximo mes pueda organizarme mejor para viajar sin mayores contratiempos —expresó Esteban, preocupado por sus responsabilidades.

—Mira, hijo, creo que no me has entendido del todo. Lo que tienes es grave. En el lenguaje coloquial le decimos «cáncer». Si no se trata a tiempo, podría acabar con tu vida. Por eso te hice llamar. Lo bueno es que parece estar encapsulado en un nivel primario, lo que aumenta tus expectativas de recuperación. Por favor, apresúrate con tus trámites. Recibiré cualquier documento que requiera mi firma con la celeridad del caso —enfatizó el doctor con franqueza.

—Gracias, doctor. Disculpe mi ignorancia. Empezaré mañana mismo con los trámites —aseguró Esteban, sintiendo una mezcla de temor y gratitud por la honestidad del médico.

Al día siguiente, Esteban fue a entregar sus resultados a las oficinas del Seguro Social. Con la firma y sello del doctor encargado, le entregaron unas formas para que llenara, entre ellas, la autorización en caso de requerir una cirugía de abdomen. Las llenó y firmó con determinación. Terminando el proceso, le informaron que debía regresar en dos días para que le entregaran los documentos y el pasaje a Lima, a fin de ser atendido en el INEN. Les agradeció y salió del seguro rumbo al paradero de Omate, ubicado en la calle 25 de Noviembre.

Nunca le había prestado tanta atención a un viaje como ahora. Cada detalle que antes pasaba desapercibido cobraba importancia. Estaba pensativo y un tanto melancólico. No le tenía miedo a la muerte en sí, pero le preocupaba pensar en cómo dejaría a Norma y a los niños. Pensaba en Augusto y en cómo podría hacerse cargo en caso de que algo le sucediera, pero decidió que primero debía hablar con Norma y compartir sus pensamientos y planes con ella.

XLIII
La noticia

Mientras el bus se aproximaba al paradero final en Omate, el nerviosismo de Esteban se acentuó. No tenía la menor idea de cómo abordar el tema de su salud con su familia, ya que nunca había mostrado debilidad ante ellos. Ahora se enfrentaba a algo mucho más complejo que no podría resolverse con curanderos o hierbas; requería tratamientos médicos agresivos y una ausencia de un mes o más. Sin darse cuenta, ya estaba ingresando a la casa, preguntándose qué momento sería adecuado para hablar sobre ello.

—Normita, ¡qué bien te veo! ¿Dónde está Luz? —saludó Esteban al entrar.

—En la escuela, Ban. Es día de semana, ¿lo olvidaste? —respondió Norma.

—¡Ah! Sí, tienes razón. Normita, la próxima semana debo viajar a Lima —anunció Esteban, buscando la forma de explicarle la situación.

—¿A Lima? ¿Por qué, Ban? ¿Qué te dijo el médico? —preguntó Norma, preocupada.

—Tengo un ramillete de células cancerígenas en el cuello. Parece que todavía es tratable, pero necesitaré unos tratamientos con yodo, según me explicó el doctor —confesó Esteban con sinceridad.

—¿Cáncer? —exclamó Norma, conmocionada.

Norma se puso a llorar al enterarse de la grave enfermedad de Esteban. Sabía que el cáncer era una temible y mortal condición.

Aunque antes le parecía lejano y desconocido, ahora lo enfrentaba de cerca. Se acercó a Esteban, le acarició el rostro y ambos se abrazaron, compartiendo sus lágrimas.

—Tranquila, Normita. El doctor me dijo que tengo posibilidades, parece que no está avanzado, por eso está pidiendo el traslado a Lima —intentó tranquilizarla Esteban.

—Si te pasa algo, Teban, ¿qué será de nosotros? Todos nos hemos malacostumbrado a tu atención. Nadie sabe hacer lo que tú haces. Lucecita sabe un poco, Rubén está en Cusco pensando en Dios sabe qué y Eli está lejos. Me hubiera gustado aprender más tus labores. Siento lo que te está pasando —se lamentó Norma, preocupada.

—Hablaré con tu hermano Augusto, él está al corriente de todos los negocios y quiere mucho a nuestra familia. Pero ten fe, Normi. Todavía tenemos esperanza. No me rendiré, nunca lo he hecho —respondió Esteban con determinación.

—Sí, Teban. Rezaré todos los días por ti, asistiré a las misas matinales para pedir por tu salud. Sabes que te queremos y no puedes faltarnos —afirmó Norma, decidida a mantener la fe y la esperanza.

—Gracias, Normi. Estaré bien, ya verás —aseguró Esteban, abrazando a su esposa con cariño.

Cuando Luz llegó de la escuela, vio los ojos llorosos de su mamá y se puso a llorar sin saber el motivo. En ese momento, Esteban la cargó y la abrazó para tranquilizarla.

—Lucecita, todo está bien. Tu mamita está triste porque viajaré a Lima por unos días, pero tú la acompañarás y la ayudarás, ¿verdad? —preguntó Esteban con ternura.

—Claro que sí, papito. Yo estaré con ella, ya no me pondré triste. Volverás rápido, ¿cierto? —respondió Luz, esforzándose por mantenerse valiente.

Esteban organizó algunas cosas en el municipio. Les dejó encargado su despacho y la tienda a sus ahijados y trabajadores de siempre. Luego de ello, partió hacia Moquegua. Los documentos y el pasaje ya estaban listos. Saldría ese mismo día por la noche rumbo a la capital, dispuesto a enfrentar su enfermedad con entereza y el apoyo de su familia.

Norma viajó a Moquegua ese fin de semana para estar con su familia y conversar sobre la difícil situación que los aquejaba. Habló con Augusto, quien se puso triste al enterarse del estado de Esteban. Luz, tras observar los rostros preocupados de quienes hablaban con su madre, intuyó que algo no andaba bien. Clara y Lena lloraron junto a Norma al recibir la noticia. Cuando fue a la habitación de su madre, Flora, le contó lo que estaba pasando, pero ella lo tomó con frialdad, hablando de Esteban con cierto desprecio.

—Tranquila, Normi, la vida seguirá su curso. Esto no es gran cosa —opinó Flora con indiferencia.

—Madre, tu comentario es inoportuno. No escuché decir lo mismo cuando disfrutaban de sus atenciones —respondió Norma, molesta con la actitud de su madre.

—Bueno, tómalo como un consuelo. Espero que se mejore —replicó Flora sin mostrar mucha empatía.

—Así es, madre. Esperemos que mejore. Es un marido ejemplar que nunca nos hizo faltar nada. Dios quiera que se recupere, por el bien de todos. Con tu permiso —se despidió Norma antes de retirarse.

Por la noche, reunidos en su cuarto, Norma, Luz y Rubén conversaron sobre la salud de Esteban:

—Es importante que sepan que su padre está delicado de salud —comentó Norma.

—Pero se pondrá bien, ¿verdad, mamá? —preguntó Luz.

—No lo sé, hija. Esperemos que sí. Fue por eso que viajó a Lima —respondió Norma con preocupación.

—Pero dime, mamá, ¿qué es lo que tiene? ¿Por qué se enfermó? ¿Lo contagió alguien? —indagó Rubén.

—Su padre tiene un tumor maligno en el cuello y, por el momento, solo en Lima hay tratamientos para ese tipo de males —explicó Norma con tristeza.

—¿Se va a morir? —preguntó Luz con miedo.

—No, papá no puede morirse —declaró Rubén, enojado.

—No lo sé, hijos. Debemos pedir a Dios y la Virgen que lo cuiden y lo protejan —respondió Norma, tratando de mantener la esperanza.

—Sí, mamita. No te pongas triste. Jesús ayudará a mi papito —aseguró Luz con inocencia y fe.

—Así es, mamá. Además, estamos nosotros. Yo con gusto dejaría el colegio para hacer las cosas que hace papá —propuso Rubén.

—No, hijos. La mejor manera de ayudar es que estudien. Siempre ha sido el deseo de su padre que puedan desarrollarse como profesionales. De hecho, él previó que tú, Rubencito, estudies en el colegio militar de Arequipa, y así se hará —aclaró Norma.

Se abrazaron, disiparon su pena y comenzaron a jugar para distraerse un poco. Al final, el agotamiento emocional los venció y se rindieron al sueño. Norma estaba asustada, creía que tal vez estaban sufriendo un castigo divino por comportamientos pasados. Rezó hasta quedarse dormida, esperando que Dios los acompañara en este difícil camino.

XLIV

No volverá a ser lo mismo

Sentada en su sala, Pilar revisó la correspondencia que había recibido. Una llamó más su atención por el sello de urgencia. Se trataba de un telegrama escrito ese mismo día. Pilar leyó el mensaje que le envió su hermana, Norma, donde se registró: «Salud de Esteban delicada, lo tratan en Lima, terminando tratamiento, Eli debe volver». Pilar presionó la misiva a su pecho y llamó a Eli de inmediato.

—¿Sí, madrina?

—Hija, ¿cómo van tus estudios? ¿Crees haber aprendido bien todas las lecciones recibidas?

—Claro que sí, madrina, ¿por qué lo pregunta?

—Acabo de recibir un telegrama de tu madre. Me dice que tu papá está mal y que apenas terminen su tratamiento, regresarás con ellos.

—¿Mi papá está mal? ¿Y le dijeron qué tiene?

—No. Hablaré con mi hijo para que lo apoye. Él se encuentra en Lima y está haciendo sus prácticas de Medicina.

—Está bien, madrina. Esperaremos las noticias que nos dé su hijo. Gracias.

Pilar llamó a su hijo, Felipe, para comentarle el estado de salud de su cuñado y pedirle que lo apoyara en todo lo que estuviera en sus manos y que la mantuviera informada con detalles sobre la enfermedad que lo aquejaba. También le informó que esperaban una pronta mejoría. Pilar suspiró al pensar en su hermana Norma y se entristeció por el destino que estaba teniendo su vida. Reflexionó sobre Eli. Sentía que había hecho un buen trabajo al formarla con rigor para que pudiera enfrentar la vida de manera adecuada. Detestaba la dependencia de los maridos y creía que la única manera de mejorar la situación era formando mujeres fuertes frente a la vida. «Algún día me lo agradecerán», se dijo a sí misma.

Felipe revisó el ingreso de los pacientes de provincias, pero no encontró el nombre de Esteban. Entonces, pidió la lista de otros hospitales, pero tampoco lo halló. Estuvo a punto de llamar a su madre cuando recordó la conversación que había tenido con sus compañeros sobre el Instituto Nacional de Neoplásicas en Limatambo. Solicitó la lista de los pacientes provincianos ingresados en los últimos tres días. En efecto, encontró el nombre de Esteban Torres, paciente de adenoma y previsto para terapia de radiación de yodo. Felipe se entristeció al comprender la gravedad de los problemas neoplásicos.

XLV
Drama existencial

Mucha gente que ayer caminaba con nosotros ya no está. Partieron sin más, y los que nos quedamos continuamos con el devenir de los acontecimientos presentes. Nos vamos relacionando, pero mantenemos en nuestra memoria a aquellos que se marcharon. Trescientos sesenta y cinco días se llevan consigo no solo recuerdos, sino también almas con las que convivimos y aquello a lo que llamamos «real» está en medio de lo que creemos tangible en el momento. Es como si Gaia respirara, nos tuviera mientras aspira y nos dejara al exhalar.

Mientras tanto, vivimos creyendo que nuestra historia no va a terminar, sumidos en las actividades cotidianas, repitiendo una y otra vez las mismas cosas en ciclos cada vez más cortos, sin saber o sin darnos cuenta de que este viaje llamado vida avanza de paradero en paradero y en algún momento tendrá que llegar al final de la ruta.

Estar conscientes de ese final nos permite participar en este viaje con mayor esplendor y detalle.

El miedo al significado que le damos a algunas palabras como «oncos», «tumor», «neoplásicas» y «cáncer» las hace casi prohibidas en nuestras conversaciones. Intentamos eludirlas e incluso negarlas, lo que, como consecuencia, nos impide enfrentar algunos hechos. Así, cuando un profesional de la salud pronuncia alguna de estas palabras proscritas, las asimilamos como una condena mortal, con un camino tortuoso e incierto.

No obstante, al haber recorrido ya ese camino de manera personal o cercana, caemos en conclusiones mucho más profundas con aquellos que pudieron padecer la enfermedad. Observamos cambios de rumbo en las vidas de quienes la sufrían. Más allá de un diagnóstico, fue sobre darse cuenta de que estaban vivos. Experimentaron una mayor trascendencia en la vida, llevándola con entusiasmo, apasionamiento y ternura hacia las cosas que estaban frente a ellos y de las cuales no se habían percatado antes. Saber que vas a morir te zarandea desde tus bases.

Vivimos dando mayor prioridad a las nimiedades y nos volvemos amnésicos de los momentos en que fuimos de verdad felices. Olvidamos, de paso, que al final de la vida partiremos sin nada en las manos. Aunque oímos esta advertencia muchas veces, preferimos hacer caso omiso y dedicamos nuestra existencia a acumular cada vez más juguetes y bienes que ni siquiera disfrutamos. Nos llenamos de miles de cosas inútiles o nos convertimos en coleccionistas de títulos y adjetivos que adornan nuestros nombres. Para sostener todo esto, nos involucramos en un sinfín de actividades que no están alineadas con nuestra verdadera esencia como seres humanos.

Buscamos la riqueza, el poder y la fama con la creencia momentánea de que nos brindarán comodidad y, por ende, mayor felicidad. Llenamos nuestros días efímeros de vacuidades y vivimos sin esencia ni propósito hasta que llega el temible diagnóstico, que nos zarandea y cachetea para que por fin despertemos de ese aletargamiento activista.

Con todas estas actitudes, ¿acaso no es de esperar que las palabras que implican mayor temor, pronunciadas por un médico, nos muestren lo leve y frágil que es la vida?

Creo que todos estamos aquí por un propósito correspondiente a algo en lo que somos buenos, algo que podemos hacer mejor que el resto. Encontrar y expandir ese propósito es nuestra primera labor, ya que nos hace congruentes con la vida. Alejarnos de ese propósito vital es lo que nos enferma y maltrata. Descubrirlo nos llenará de satisfacción, porque incluso desarrollarlo se hará con poco esfuerzo, sin mayores expectativas y con mucha voluntad, convirtiéndonos en buenos servidores de nuestro prójimo.

Así como nosotros tenemos un propósito en la vida, también existen entidades que buscan, por su propia naturaleza, desarrollarse y expandirse sin medir las consecuencias colaterales que repercuten en el beneficio de los habitantes de este planeta. Muy similar a los fenómenos humanos, van promoviendo una enfermedad planetaria, olvidándose del sentido real de su existencia. Se centran solo en números que leer en sus próximos estados económicos y, con el envenenamiento y la polución creada, olvidan que existen para servir a esos seres que, de manera directa o indirecta, están exterminando. Pierden de vista la vida y no frenan su codicia.

Hasta que no nos demos cuenta de esto, seguiremos gobernados por la sinrazón de una vida carente de significado.

XLV
Tratamiento y mejora

Esteban se sintió perdido ante todo lo que le acontecía. Preparado para su primera intervención radiológica, recibió la visita de Felipe, quien se quedó para apoyarlo durante su tratamiento. También estaba presente el primo de Norma, el doctor Pedro Fernández, dispuesto a ayudar. Le asignaron una habitación con una única cama debido a los riesgos de la radiación. Mientras esperaba, pensaba en su esposa y la familia que habían formado. Los extrañaba profundamente. Desconocía cuánto tiempo duraría el tratamiento y si obtendría resultados alentadores. Estas reflexiones decían que todo lo que había logrado hasta el momento carecía de sentido, lo que lo sumió en la tristeza.

La llegada de una enfermera cambió su ánimo. Ella lo alentó, advirtiéndole que estaba prohibido ponerse triste durante la terapia, ya que la tristeza impedía pasar con éxito el tratamiento. La enfermera le recordó que tenía razones para vivir y que debía concentrarse en ellas para atravesar el proceso con fortaleza emocional.

Esteban le agradeció por levantarle el ánimo y esperaron al doctor, quien llegó con un frasco sellado con un líquido transparente y le proporcionó las indicaciones y posibles reacciones tras ingerirlo. También le advirtieron que solo las personas autorizadas con la vestimenta adecuada podrían acercarse a él durante el tratamiento. Esteban asintió con la cabeza y procedió a abrir el frasco y tomar el contenido. Era un líquido entre amargo y caliente que le provocó hinchazón y dolor en el cuello, además de malestar en la lengua. Experimentó dos episodios de vómito, pero los superó con tranquilidad.

Cuando una persona es concebida, ¿comienza la vida? Todas aquellas circunstancias en las que vive la familia en ese momento se vuelven muy importantes, ¿podrían influir en la personalidad y la salud del futuro ser? En el caso de Esteban, que tuvo un padre que no lo reconoció, su vida se hizo difícil. ¿Este estigma pudo transmitirse a sus hijos? Enfrentar la enfermedad que lo aquejaba tendría algo que ver con todos esos acontecimientos previos a su nacimiento y la misma infancia, en la que los ejes fundamentales para formarse y educarse estuvieron ausentes, con padre y madre sustitutos. ¿Aquellos silencios pueden ser la expresión ahora de un cuerpo enfermo?

Fueron casi dos meses de intenso tratamiento que Esteban recibió. El médico responsable, el Dr. Álvarez, se aseguró de ser bastante incisivo con los adenomas, evitando la necesidad de cirugía, lo que fue un gran alivio para él. Con el problema superado, lo dieron de alta, lo que llenó de alegría a todos.

Felipe y Pedro estaban presentes cuando Esteban salió del hospital. Ya habían enviado un telegrama anunciando que había superado los tratamientos oncológicos y que estaba listo para regresar a su hogar. La noticia de su recuperación fue motivo de celebración y gratitud para todos los involucrados.

Norma y los chicos suspiraron de alivio al recibir noticias tan favorables sobre la salud de su padre después de pasar por tanta ansiedad e incertidumbre. Sabían que aún quedaba un proceso de recuperación por delante, pero tenerlo allí ya era motivo de gratitud a Dios y a la vida. También le enviaron el mensaje a Pilar para que previera el retorno de Elizabeth, primero a Moquegua y luego a Omate, tal como deseaban todos.

Prepararon la casa, organizaron las cuentas de las tiendas para facilitar la rendición y se comunicaron con el alcalde para darle la buena noticia, que también lo alegró. Norma y los chicos decidieron ir al terminal de autobuses en Moquegua para recibir a Esteban con entusiasmo y emoción. El reencuentro sería un momento muy especial y lleno de felicidad para toda la familia.

XLVI
Volver

El recibimiento a Esteban fue muy, muy emocionante. Luz, Rubén y Norma lo abrazaron y besaron con alegría. Augusto también estaba presente, apoyándolo para estabilizar su caminar. Esteban sonrió, feliz de verlos de nuevo. Sentía que era una nueva oportunidad para hacer las cosas bien. Aunque reconocía que no había descuidado su tiempo con ellos, creía que podría haber dedicado más atención a la única familia que tenía, la que le había brindado Norma.

Al sentarse a conversar, ella le dijo:

—Estebitan, sabes que dejamos pendiente el regreso de Elisita, pero no te preocupes, ya conversé con Pilar y creo que ya la envió. Tal vez estarán llegando mañana por la tarde, ¿crees que podemos esperarla de una vez?, ¿sí? —dijo Norma, emocionada.

—¡Qué linda noticia, Normi! No sabes cuánto me alegra que volvamos a estar completos. Te extrañé mucho durante el tratamiento en el hospital de Lima —respondió Esteban con alegría.

—Pero ya estás aquí, no pienses en eso. Debes recuperarte. Te necesitamos, Teban. Nos hiciste mucha falta —dijo Norma con emoción.

—Gracias, ¿y dónde está mi Lucecita? —preguntó Esteban.

—Aquí, papito. Te quiero mucho —se oyó la voz dulce de su hija.

—Yo también, mi hijita, yo también —le dijo él mientras la abrazaba.

Pasó la tarde y la mañana del día siguiente. Por fin, fueron a recibir a Elisita, que ya debía tener diez años. El carro que la llevaba se retrasó más de lo programado, pero al final llegó. Se acercaron a la puerta del autobús por donde debía salir y vieron aproximarse a una jovencita ya grande. En un primer momento, no la reconocieron, pero luego se dieron cuenta de que era ella y corrieron con entusiasmo para abrazarla.

—Hijita linda, llegaste. ¡Qué alegría saber que estás aquí con nosotros! —la saludó Esteban emocionado

—Elisita, ¡por fin tengo a mi hermana para que volvamos a jugar juntas! —exclamó Luz.

—Hola, Lucecita, ¡qué bueno verte, hermanita! —le respondió Eli.

—Elisita, ¿estás bien? —le preguntó Norma.

—Sí, mamá, estoy bien, pero creo que me siento cansada —explicó Eli.

—Bien, vámonos todos. Le pedí a Augusto que nos prestara la camioneta de Julio para que nos lleve a todos a Omate —dijo Esteban

La mirada de Eli era diferente, aquellos años que habían pasado la marcaron de manera emocional. Su sonrisa era casi fingida, pero no lo hacía a propósito. Era una reacción normal al abandono y abuso que había sufrido en Ayacucho. Los recuerdos que llevaba no serían olvidados con facilidad. Sabiendo esto, tuvieron paciencia para que recuperara su vivacidad.

Con cada día que pasaba, Esteban se sentía mejor. Fue recuperando sus habilidades lingüísticas, que habían sido las más afectadas, y poco a poco retomó sus actividades. Sin embargo, le daba una mayor importancia al tiempo que debía pasar en casa, junto a todos. Reparó y renovó la casa y vendió los terrenos que tenía en Quinistacas. Su relación con Norma mejoró. Notaba que había más consideración y a él le encantaba consentirla. Sin embargo, aún no lograba reconciliarse con Elisita. Sentía que ella le guardaba rencor y, aunque lo asimilaba, eso le apenaba mucho.

Con Rubén siempre tuvo una relación más ruda y exigente. No había muchos actos de ternura entre ellos, pero él se conformaba con el cariño que recibía de Normi y sus hermanas, que para él era suficiente.

Una tarde, Esteban estaba decidido a pedirle perdón a su hija Eli. Para ello, la llevó a pasear a la plaza y compartieron un postre juntos. Ella tenía la mirada perdida, pero él estaba dispuesto a hacer lo necesario para reconstruir su relación y sanar las heridas del pasado.

—Hijita, necesito que me perdones por haberte enviado con tu madrina. Sé que fue mucho tiempo, pero los padres lo hacemos pensando que es lo mejor —se excusó—. Creí por un momento que allá tendrías mejores oportunidades.

—Sí, papá, no te preocupes —respondió Eli, mostrándose imperturbable.

—No me preocupo, hijita, es solo que no te veo sonreír como antes. ¿Qué quisieras? Puedo compensarte de alguna forma por haberte portado bien. No recibimos ninguna queja de tu madrina, espero que ella también te haya tratado bien. Tu primo Felipe fue a verme cuando estaba en el hospital en Lima, él ya es médico —le contó Esteban.

—No lo sabía, papá, y no quiero nada tampoco —respondió Eli.

Recordó los experimentos que había hecho Felipe con ella y los relacionó con las molestias y síntomas que sufría después. Se le llenaron los ojitos de lágrimas y Esteban no entendió el motivo.

—Hija, no pongas esa carita, me entristece. ¿Qué te pedirás? —cambió el tema—, ¿un pastel? ¿O prefieres una paleta?

—Pastel, papá, gracias. Quisiera que me dejen en Carumas con mamá Clotilde, creo que allí me sentiré mejor —respondió Elisita.

—Está bien, Elisita. Como es cerca, puedes regresar los fines de semana. Veré cómo está la escuela por allá —accedió el padre.

—Gracias, papá.

Sin más, volvieron a casa. Eli permanecería por un tiempo en Carumas mientras superaba sus miedos. Esteban aprobó de buena gana que ella acompañara a su madre sustituta, a quien también quería mucho.

XLVII
Lo más importante

Era abril del año 62. Esteban se sentía mucho mejor tras atravesar una terapia muy riesgosa para la época. Pensó en organizar una pequeña fiesta para celebrar los diez años de Luz. Aunque se encontraba contento, sentía que su familia apenas reconocía sus esfuerzos en sus labores diarias. Sin embargo, había aprendido a sobrellevarlo y a no dejar que eso le afectara demasiado. Su sobreprotección por su esposa e hijos los hizo depender en exceso de él y los mantuvo alejados de las actividades económicas, ya que consideraba que eran muy pequeños para entender esos asuntos y Normi no quería involucrarse.

Por otro lado, Rubén, a sus trece años, se sentía confundido. Su adolescencia necesitaba comprensión, pero nadie parecía entenderlo. Esteban notó esta situación y recordó cómo había sido cuando él tenía esa edad. Movido por la humildad, un día decidió invitar a Rubén a salir para conversar, algo que nunca había hecho.

—Hijo, quiero que me acompañes en cuanto cierre la tienda —le dijo Esteban.

—Claro, papá. ¿Adónde iremos? —preguntó Rubén.

—A caminar, Rubén, solo a caminar. Y si quieres comer o tomar algo, yo te invito —prometió Esteban.

—Gracias, papá.

Salieron rumbo a la alameda que llegaba al río Omate. Esteban le contó algunas anécdotas de su niñez y de lo difícil que había sido. Rubén lo escuchaba con atención, pero a la vez sentía que sus experiencias eran diferentes. A pesar de todo, él no había sentido la orfandad, pues siempre supo que tenía un padre y una madre que lo respaldaban. Escuchaba en silencio, guardando sus propios pensamientos y emociones.

—Dime, hijo, ¿qué es lo que quieres en la vida? ¿Qué te tiene preocupado? —preguntó Esteban.

—No lo sé, papá. Siento que no voy a ninguna parte, que el colegio no me resulta útil y que debería estar apoyándote con los negocios y viendo a mamá y mis hermanas —confesó Rubén.

—Me alegra escuchar eso, hijo —exclamó Esteban entre risas—. Entiendo tus inquietudes, pero desearía que dejes de cargar con esa idea. Todo lo que hago es por ustedes, para que tengan mayores oportunidades en la vida. Claro que me gustaría que me ayudes, pero la mejor forma de hacerlo es esforzándote en tus estudios. Tienes que ser alguien en la vida, Rubén.

—Pero, papá, con todo lo que pasa en el mundo, en el Perú, ¿qué sentido tiene? Luz, por ejemplo, maneja mejor tus cosas. ¿No crees que sería mejor estudiar aquí, junto a ustedes? —insistió Rubén.

—No lo creo, hijo. La enseñanza en los pueblos no es la mejor y toda la disciplina del colegio en el que estás te apoyará mucho en tus aspiraciones. Además, sabes que a tus quince años irás a Arequipa al colegio militar. Es mi deseo —afirmó Esteban.

—No lo sé, papá. Ustedes están aquí —replicó Rubén.

—Hijo, no podemos controlar lo que sucede en el mundo, pero sí podemos decidir cómo nos afectará. Es importante saber controlar nuestras emociones para vivir con lucidez. No podemos andar deprimidos, distraídos, enfadados o angustiados todo el tiempo, debemos controlar nuestras emociones en la medida de lo posible. Eso te dará siempre una ventaja frente al resto —declaró Esteban.

—Sí, papá. Por eso dicen que los hombres no deben llorar, ¿verdad?

—Algo de eso tiene que ver —respondió Esteban, riendo—, pero no hay ningún problema si lloramos. Es más, a veces es necesario. Dios me regaló una nueva oportunidad, hijo, y agradezco que su voluntad sea que pase estos momentos con ustedes, pero también soy consciente de lo frágil que es la vida, por eso no quiero desaprovechar nada, y espero que tú también lo hagas —reflexionó.

Luego de esa charla profunda con su hijo, entraron en confianza y se hicieron algunas bromas. Luego, Rubén le confesó algunas de sus inquietudes amorosas.

—Así es, papá. ¿Sabes?, quería comentarte que hay una niña que me parece muy guapa, se llama Martha —dijo.

Así mantuvieron la conversación por algunos minutos. Ambos estaban contentos y fueron a la plaza a tomar helados de doña Olinda, los más ricos del mundo, según decían. Luego volvieron a casa, donde los esperaban Norma y Luz. Eli se quedó con doña Clotilde en Carumas. El padre solo suspiró y luego les sonrió, diciendo:

—Bueno, ¿y qué hay para comer? Los hombres de esta casa traen hambre —bromeó. Todos rieron mientras servían la sopa de pollo que Norma había aprendido a preparar muy bien.

En su casa, Clotilde también estaba cenando, junto a Braulio y Elisita. Comían frente al fogón de la cocina para mantenerse calientes. Cloti les contaba las travesuras que hacía su padre cuando era niño y Eli se sintió mucho mejor que en Ayacucho. También ella les contó algunas cosas que vivió con Pilar, y empatizaron muy bien. El retiro le sirvió mucho a la pequeña Elizabeth para recobrar su salud emocional.

Para el cumpleaños de Norma, Esteban preparó una sorpresa. Le compró unas joyas y un adorno bellísimo del bazar Moquegua. Además, hizo cocinar su comida favorita con la comadre Pancha e invitó a sus amigas para que pasaran la tarde en casa. Fueron momentos agradables y llenos de alegría.

Llegó el mes de enero. Luz se sentía emocionada porque creía ser muy especial, y lo era para su familia, en especial para su padre. Contaba los días que faltaban para su cumpleaños y ya sabía que sus papás le estaban organizando una fiesta con sus compañeros de la escuela, lo que la ponía muy feliz. Sin embargo, su satisfacción estaba casi siempre ligada a la aprobación del resto, lo que provocaba emociones inestables y mantenía su susceptibilidad al límite. Rubén aprovechaba esa debilidad para hacerla llorar sin necesidad incluso de decirle nada. Sin embargo, ese día él prometió no molestarla, aunque solo fuera durante el mes de su cumpleaños.

Llegaron Lena y Clara de Moquegua para apoyar en los quehaceres. Ahora que estaba toda la familia, faltaban manos para mantener la casa arreglada. Esteban hizo las contrataciones para el pintado y mantenimiento de la casa, aprovechando a los maestros que trabajaban en obras del municipio. Él se ocupó de los detalles como antes no lo hacía, y se convirtió en una persona mucho más atenta. Los que lo rodeaban disfrutaban de ello. Esto aumentó el aprecio que tenían por él. Clara todavía quería mucho a Esteban, y era evidente por las atenciones desmesuradas que le hacía. Parecía que a nadie le importaba, ni siquiera a Norma, que no sufría de celos. Para Lena, Clara tenía algún problema en la cabeza, pero aun así, era su consentido, y él lo asumía con mucha normalidad.

La ansiedad no dejó dormir a Luz la noche previa, tanto así que vio el alba llegar. Respiró la humedad propia del campo y la tierra, luego se cambió deprisa y arregló su cuarto. Fue de habitación en habitación y solo sentía los pequeños ronquidos de algunos, y de otros, su respiración. Sabía que no debía hacer ruido, todos habían puesto su granito de arena para que ella pasara muy bien ese día. Era muy querida y lo sabía.

Al llegar al cuarto de sus padres, los oyó conversando bajito. No se entendía bien lo que decían, pero escuchó risas y susurros. Luego, se espantó un poco al oír un lamento de su mamá y la voz tenue de su padre. Quiso ver por la rendija y solo vio los cuerpos cubiertos en un movimiento suave, aumentando el ritmo, hasta oír con más claridad la voz de Norma gemir, pero no era un lamento, sino más bien algo que parecía estar disfrutando. Luz hizo un pequeño ruido y vio salir la cabeza de su padre del cobertor. Se fue corriendo a su cuarto, pero momentos después llegó su papá, le tocó la puerta y le cantó bajito por el día de su santo. Entonces, ella se le acercó y lo abrazó.

—¡Feliz cumpleaños, Lucecita de mi corazón! —exclamó el padre—. Veo que no querías esperar ni un minuto más para que empezara tu homenaje.

—Sí, papito. Disculpa por estar merodeando por tu cuarto. Quería saber quiénes ya habían despertado. ¿Está mamá bien? —inquirió Luz.

—Sí, hijita. ¿Por qué lo preguntas?

—Por nada. Creí escuchar ruidos en tu cuarto —contestó Luz.

—Nada, hijita. Son cosas de mayores. Tu mamá está muy bien y está preparando el desayuno. Quiero que vayas al pasadizo de entrada, allí encontrarás una bolsa y dentro de ella un paquete. ¿Puedes traérmelo, por favor? —pidió Esteban.

—Claro, papá.

Luz volvió rápido con el paquete y se lo mostró a Esteban, quien le hizo un gesto para que lo abriera. Era una muñeca con un hermoso vestido. Al verla, Luz se alegró mucho y abrazó y besó a su padre, quien también la abrazó. Luego, fueron al comedor, donde poco a poco iban llegando todos. Rubén, Eli, Lena, Norma y Clara se sentaron después. Había una torta que la misma Normi había preparado. Prendieron una vela y le cantaron. Luz sopló la vela de los diez años y todos empezaron a comer, conversando y riendo.

Al terminar la celebración, Esteban le ofreció a Luz salir en bicicleta. Así lo hicieron, pasearon por la plaza y la alameda. En la rivera, se sentaron un rato y conversaron. Fue un día lleno de alegría y cariño para la pequeña Luz.

—Hija, ahora que estás más grande, me gustaría saber qué te gustaría ser de mayor, ¿alguna vez lo has pensado? —preguntó el padre.

—Sí, papá. Yo quiero ser la mejor maestra del Perú —respondió Luz.

—Veo que lo tienes claro —rio el padre—. ¿Y por qué te gustaría ser maestra? —indagó.

—Veo lo buenas que son mis maestras, papá, y lo mucho que saben y entienden. Aprendo mucho de ellas, ¡y además son tan lindas! Quiero ser como una de ellas —expresó Luz con entusiasmo.

—¡Qué bien, hijita! Pero para lograrlo debes estudiar mucho, y es importante que lo hagas en Moquegua —explicó el padre.

—¿En Moquegua? ¿No puedo estudiar aquí? —preguntó Luz.

—No, hijita. Justo lo conversé con tu mami, pero no te preocupes, falta mucho tiempo todavía. De cualquier modo, si mantienes ese entusiasmo para lograrlo, te auguro un muy buen futuro, mi Luz —respondió el padre.

—Gracias, papá. ¿Puedo irme con Eli ahora? —preguntó Luz.

—Por supuesto, hija, para eso son hermanas, ¿verdad? —afirmó el padre.

—¡Qué bueno, papá! Eso me alivia.

—Bien, regresemos antes de que se empiecen a preocupar. Compremos algo antes. Vamos, hija —propuso el padre.

Al mediodía, antes del almuerzo, llegó la familia de Norma. Todos se acomodaron, comieron y bebieron. Esteban siempre conversaba con Augusto sobre las cosas pendientes. Por cierto, su padrino le compró una casa de muñecas que impresionó a Luz, quien agradeció sobremanera.

—Gracias, padrino. La cuidaré mucho —dijo, emocionada.

—No hay problema, hijita. Es para que juegues con Elisita y tus amigas —respondió el padrino.

Flora, después de haber bebido un poco de vino, empezó a hablar.

—Luz, ¡qué lindo cumpleaños! ¿Vendrá alguien más? —preguntó la abuela.

—Claro que sí, abuela. En breve llegarán mis amigos de la escuela —respondió Luz.

—Ah, ¿sí? ¿Y quiénes son? —indagó Flora.

—Están Juan, Felipe, Antonio, Teresa, Manuela, Rita, Ana y Patricia —enumeró Luz.

—¡Vaya! Conoces bien sus nombres, ¡qué bien, hija! Espero que no hagan destrozos, ¿eh? —bromeó Flora.

—Claro que no, abuela. Ya somos grandes —aseguró Luz.

Salió a la calle para ver si llegaban sus amigos. Mientras tanto, Flora inició un diálogo con su yerno.

—Veo que saliste bien de esta, Esteban —comentó.

—Sí, doña Flora. Gracias a Dios, pudimos superarlo —respondió Esteban.

—¿Superarlo? Sabes que tu mal no se supera, solo se prolonga —advirtió Flora.

—No lo sé, doña, pero me siento bastante bien y creo que las oraciones de mi familia también fueron oídas —explicó Esteban.

—No te entusiasmes demasiado, deberías ver cómo sobrevivirán si te ausentas. No quiero ser pesimista, pero conozco algunos casos como el tuyo —dijo la abuela.

—Ya lo he pensado, doña Flora, descuide. Espero que disfrute la tarde, permiso —se despidió Esteban antes de retirarse.

Fue una conversación incómoda, pero intentó no darle mayor importancia. Los invitados empezaron a llegar. Acudieron sus amigas y amigos, algunos con sus padres. Todos fueron bienvenidos y pasaron el mejor cumpleaños que se hubiera celebrado hasta entonces.

XLVIII
Fátima, la cuarta

Norma tuvo un retraso en su período. Al notarlo, supuso que estaba embarazada, pero no quiso comentarlo todavía. Tuvo temor y enfado en un primer momento, pero luego lo asimiló con tranquilidad. «Después de todo, los hijos son bendiciones de Dios», pensó. Tras confirmar sus sospechas con los malestares propios del embarazo, decidió compartir la novedad, primero con Esteban y luego con sus hijos y sus hermanas, Clara y Lena. Así lo pensó y así lo hizo. ¡Qué felicidad fue para todos recibir una noticia tan tierna! El momento era inmejorable para la familia Torres Baquedano, parecía que los vientos empezaban a soplar a su favor.

Esteban quiso compensar la celebración que le hicieron a Luz organizando una reunión similar por el cumpleaños de Eli. Ella no estaba tan entusiasmada con la idea porque era muy tímida, a diferencia de Luz, y, por haber estado ausente tanto tiempo, no contaba con muchas amigas y amigos. Sin embargo, aun así lo harían. También aprovecharían la ocasión para comunicar el embarazo de Norma. Todo quedó perfecto y, además, su santo caía sábado. Todos se animaron con la celebración para Elisita.

El viernes 28 por la tarde llegaron doña Clotilde y Elisita para los preparativos, pero encontraron todo listo. Esteban las abrazó a ambas.

—¿Qué les parece si nos tomamos una sopita de cordero? —sugirió Esteban—. Nos la trajo mi comadre, Mariana. Huele muy bien.

—Gracias, hijo. Vamos, Elisita, nos sentaremos en la cocina —indicó Clotilde.

—Sí, mamá Cloti, con la caminata me dio mucha hambre —accedió Elisita.

—Sí, mejor comamos en la cocina para no desarreglar la casa. Pasaré la voz a los demás —dijo Esteban entre risas.

Salió y todos llegaron a cuentagotas, arremetidos en la cocina por la sopa. Pensaron que se acabaría, pero alcanzó, por suerte.

—¿Ves que dicen que los omateños somos mancaquirpa? —comentó alguien.

Todos se rieron por la ocurrencia. Se le dice «mancaquirpa» a quien oculta la comida cuando alguien llega, pero Esteban siempre había demostrado lo contrario.

Al día siguiente, se organizaron y prepararon el desayuno. Hicieron chocolate, que le gustaba mucho a Elisita, con pan bizcocho. Se sentaron a la mesa y le cantaron. Elisita solo sonreía con timidez, mirando a su papá. Clara se puso a su lado y la abrazó con fuerza. Ella no le dijo nada, pero se sintió muy bien con el abrazo de su madre. Nadie lo sabía, ni siquiera ella. Luego, por la tarde, llegaron doña Flora y el resto de los hermanos. Llenaron la casa y aumentó la bulla. Luz ayudó a su hermana invitando a sus amigas, pero solo tres de ellas asistieron, ya que los demás estaban en Carumas, según explicó Eli.

En la tarde, ya con algunas copas, Esteban pidió la palabra entre tanto bullicio. Poco a poco, todos fueron callando.

—Bien. Ante todo, querida familia, quiero agradecerles por estar presentes en esta fecha tan especial para nosotros, el cumpleaños de mi Elisita. No podíamos pasar por alto esta ocasión sin celebrarla —dijo con emoción.

Se oyeron risas y aplausos.

—Quiero que hagamos un brindis por ella, porque es una alegría para nuestro hogar tenerla cerca de nosotros —continuó Esteban, sintiendo la emoción en su voz—. ¡Salud con todos! —exclamó, levantando su copa.

—¡Salud! ¡Salud! —respondieron todos al unísono, levantando sus vasos y copas.

La cháchara se reinició, pero Esteban pidió una vez más la atención de todos.

—También quiero anunciarles algo que es motivo de celebración y alegría para nosotros —dijo con una sonrisa.

Todos se preguntaban qué sería el anuncio. Algunos pensaron que podría tratarse de una mejora en su salud, pero eso ya había ocurrido hacía algunos meses. Volvieron a callar, atentos a las palabras de Esteban.

—Nuestra familia se complace en anunciar la llegada de un nuevo miembro, un hijo o hija, según lo decida Dios. Mi Normita está embarazada y ya lleva tres meses. Esperamos un nacimiento para el mes de marzo o abril —reveló con orgullo.

Recibieron las felicitaciones de todos los presentes, excepto de doña Flora, a quien parecía no importarle demasiado la noticia. Continuaron los festejos hasta el anochecer. Eli, Luz y Rubén estaban en la calle, aprovechando la única farola que alumbraba la cuadra para jugar. Pasaron un día muy lindo con todos y, lo más importante, Eli estuvo feliz después de mucho tiempo con su familia.

XLIX
Recaída

Los meses transcurrieron y Esteban volvió a su rutina habitual entre el trabajo y los negocios. Su cuñado, Augusto, siempre leal a la familia, organizaba de manera eficaz los envíos y remesas en Moquegua, por lo que Esteban ya no tenía la necesidad de viajar de forma constante. Además, trasladarse le generaba náuseas, debido al movimiento y el olor a combustible del vehículo, por lo que prefería delegar la mayoría de las actividades en Moquegua a su cuñado.

Las fiestas de fin de año fueron memorables. Nunca se habían visto tan contentos como familia. De cierta forma, Clara y Lena ya formaban parte de la familia, y se integró el niño Juani, quien los apoyaba y tenía comida y techo con ellos. Era un pequeño muy habilidoso trepando a los frutales y haciendo mandados.

El grupo de hacendados de Omate y alrededores organizó una fiesta de fin de año en el salón del municipio y, por cortesía, invitaron a Esteban y a Norma. Participaron de aquel festejo contentos por el año que se iba, que tuvo momentos buenos y no tan buenos. Normita no podía moverse mucho, debido a que su barriga ya se veía grande. Las señoras de la sociedad omateña la rodearon para felicitarla y algunas se acercaron para tocar su barriga y expresar sus buenos deseos.

Así llegó la medianoche y el inicio del año 1963. No importaba qué novedades les traería el nuevo año, eran felices en ese momento y lo disfrutaron a plenitud.

❧

Petra, como le decían a la mamá biológica de Esteban, fue una chica muy prometedora, nacida en Arequipa, vivaz y preguntona, además de inteligente y con muy buenos resultados en la escuela. Sus aptitudes eran de beneplácito para sus padres, don Augusto y doña Matilde. Parecía tener un futuro promisorio. Sin embargo, una tragedia cambió el rumbo de su vida, cuando sus padres perdieron la vida en un viaje por carretera.

Su padre era el sostén económico de la familia y la situación financiera se volvió precaria. Esto obligó a Petra a buscar trabajo a una corta edad para intentar sobrevivir. Por su buena apariencia, fue aceptada para trabajar con la familia Torres. Dejó los estudios y, tras pasar algunos años con ellos, quedó embarazada de uno de los hijos de la familia. Ella esperaba a Esteban. Esto la sumió en gran tristeza por la forma en que su vida se había transformado tanto. Lo que sucedió después ya fue contado: la falta del cariño a la que estuvo expuesto de bebé el pequeño Esteban, el estrés vivido por su madre y su consiguiente abandono... ¿serían los detonantes en su salud futura? Aquellas cosas, en apariencia, no provocan nada, pero resulta que hoy existen indicios de que en la adultez pueden expresarse, como en este caso.

❧

El 12 de abril de 1963 nació la segunda hija de Esteban y Normi. Decidieron llamarla María de Fátima en honor a la fe que tenían en la Virgen de Fátima. Sin embargo, esos primeros meses del año Esteban no se había sentido muy bien.

Su salud decayó y sintió los ganglios inflamados y el estómago hinchado, signos preocupantes que parecían haber regresado en algún momento.

Tras el nacimiento de su hija, Esteban decidió viajar a Moquegua para someterse a un chequeo médico exhaustivo. Pasó de nuevo por todo el proceso de traslado y tratamiento. Sin embargo, esta vez, el especialista de Lima no pudo reducir los adenomas con el tratamiento habitual. Además, durante la revisión, se confirmó la preocupante noticia de que había una posible expansión del tumor hacia el esófago, lo que en términos médicos se llama «metástasis» y es irreversible.

—¿Qué me queda, doctor? Tengo familia, necesito saber la verdad —pidió Esteban, preocupado.

—Señor Torres, entiendo lo difícil que es enfrentar esta situación. Por desgracia, no puedo darle falsas esperanzas en este tipo de diagnóstico. Su caso es delicado. Es importante que arregle sus asuntos y regrese a casa para pasar tiempo con su familia. Solo cuenta con algunos meses, por lo que es crucial que aproveche este tiempo y tenga paz —contestó el médico con pesar.

—¿Paz? ¿Cómo podré tener paz con esta noticia, doctor? —respondió Esteban con melancolía.

—Comprendo que esta noticia es abrumadora y dolorosa, pero es importante que encuentre formas de enfrentarla y consolarse. La aceptación y el apoyo emocional son aspectos vitales en momentos como este. Le sugiero considerar hablar con sus seres queridos, compartir sus sentimientos y estar rodeado del amor de su familia en estos momentos difíciles —indicó el médico.

—Aquí le dejo algunos analgésicos opioides para cuando los dolores sean insoportables. No debe llegar a experimentarlos si los toma a tiempo —dijo el médico

Esteban fue dado de alta clínica y regresó a casa, tal como le había indicado su médico. Sin embargo, los días que siguieron fueron difíciles, de manera tanto física como emocional. Marco, su cuñado, quien quería mucho a su hermana Norma, comenzó a frecuentarlos más para brindarles apoyo en esos momentos complicados. En el pasado, habían tenido conversaciones sobre la enfermedad de Esteban, pero siempre trataron de verlo con humor y esperanza. Sin embargo, esta vez, la situación era diferente y la realidad de la enfermedad se hacía más evidente.

A pesar de todo, Esteban intentó mantener una actitud estoica y demostrar que la vida continuaba. Las dolencias propias de su enfermedad se manifestaban cada vez más, pero él seguía con su ritmo de actividad, aunque su caminar se volvió más pausado y la hinchazón en su abdomen y cuello era notoria para quienes lo veían.

Uno de sus mayores esfuerzos era incentivar a Norma para que continuara con sus actividades de venta, aunque solo su hija Luz le prestaba atención y apoyo en ese sentido. Esteban encontraba alegría en los pequeños logros de su hija, como el hecho de que aprendiera a conducir la bicicleta.

Augusto, su cuñado y camarada, se convirtió en un pilar fundamental para él. Conversaban mucho y Augusto lo animaba y apoyaba en todo momento. Aunque en el pasado él había sido optimista, ahora asumía un papel más práctico y se encargaba de organizar todo para asegurarse de que Esteban pudiera sostener a su familia incluso cuando ya no estuviera presente.

—Vamos, hombre, todavía tenemos para rato —le dijo Augusto con optimismo.

—No, hermano, ya no. Cada vez me canso más y no sé qué día ya no podré levantarme para trabajar. Por el momento, tengo la tranquilidad de que tú estarás —respondió Esteban con sinceridad y aceptación de su situación.

—Sabes que sí, hermano, sabes que sí —lo consoló Augusto, mostrando su apoyo incondicional.

La pequeña Fátima demandaba toda la atención de Norma y parecía absorber la melancolía del momento. Luz, por otro lado, lloraba ante la posibilidad de que su padre ya no estuviera con ellos. Eli, que estaba en Carumas, buscaba consuelo en Clotilde y las ahijadas de su padre. Rubén, debido a su adolescencia, intentaba evadir el drama en casa pasando tiempo con sus amigos y compañeros. En tan solo un año, todo había cambiado para la familia.

Esteban intentaba sobreponerse en ocasiones especiales, pero prefirieron hacer celebraciones más privadas. Las visitas de doña Flora e hijos se habían detenido, y solo Augusto frecuentaba la casa, debido a los temas del negocio. Marco aparecía para apoyar y consentir un poco a su hermana y las leales Lena y Clara siempre estaban presentes.

Con la llegada del nuevo año, 1964, los ánimos no eran tan esperanzadores como el año anterior. Aun así, intentaron encontrar algo de alegría, sosteniéndose en su fe. Norma asistía a las misas matinales con sus dos hermanas, quienes la acompañaban en busca de consuelo y fortaleza.

En esos momentos, Esteban observaba a la pequeña Fátima y no podía evitar pensar en la orfandad que, sin quererlo, heredaría su hija cuando él ya no estuviera. Esta situación era desgarradora para él y llenaba su corazón de preocupación y tristeza.

L

Tristeza y sollozo

Recostado en el sillón de su sala el 25 de febrero del 64, Esteban recibió un telegrama devastador. Su cuñado Augusto había sido llevado de urgencia al Hospital Regional debido a una inflamación en la ingle que se sospechaba que era apendicitis. Por desgracia, la cirugía se complicó y Augusto falleció. Esteban no podía creer semejante tragedia. «Ya no más», se dijo a sí mismo. A partir de ese momento, se sumió en una profunda depresión y se encerró en su cuarto, padeciendo los dolores físicos y tomando los medicamentos que le habían prescrito.

A pesar de su lucha por caminar por la huerta que tenían en casa, su bienestar era efímero y los alimentos le resultaban difíciles de ingerir. Cuando nadie lo veía, lloraba en silencio por la partida de su querido cuñado, preguntándose qué sería de su familia sin él.

Su última participación activa fue en el primer cumpleaños de Fátima, a quien por cariño llamaban «Fatimilla». Estuvo sentado en la cabecera, observando a su familia conversar y a las niñas jugar. Luego, pidió que lo ayudaran para retirarse al cuarto mientras Norma cargaba a su hija y se sentaba en el sillón.

En medio de su debilidad, Clara se convirtió en un apoyo invaluable para Esteban. Durante esos meses difíciles, atendió a Esteban con dedicación, llevándole los alimentos y, si era necesario, ayudándole a comer. Siempre se mantenía cerca, sentada a sus pies, dispuesta a asistirlo en todo momento.

Esteban la miraba con profunda gratitud por su compasión y cuidado.

El 20 de abril de 1964, Esteban se encontraba sentado en un amplio sillón debido a su dificultad para mantenerse acostado. Llamó a su hija Luz y ambos conversaron un poco sobre la escuela. Esteban le expresó su deseo de que ella estudiara en el colegio Virgen de Guadalupe, en Moquegua. Mientras hablaban, Luz agarraba las manos de su papá con cariño. Esteban intentó levantarse, pero sus fuerzas le fallaron. Suspiró y dijo:

—Ya no más, Lucecita. Llama a Clara.

—¿Y quién se quedará aquí contigo? Creo que Sebastián y Mariano, tus ahijados, están afuera. Les haré pasar, creo que tía Clara fue a comprar.

—Está bien, hijita, pero apresúrense, por favor.

Norma, su esposa, decidió no entrar al cuarto y se quedó en la cocina con Fátima. Clara, su cuñada, por fin llegó y entró al cuarto tratando de animarlo:

—Vamos, hijito, ponte de pie. Te veo muy bien, ya te traeré tu sopita. Vamos, mi Bansito.

—Clara, ya no...

Esteban recostó su espalda en el espaldar del sillón, hizo un pequeño suspiro y luego exhaló su último aliento.

El 22 de abril se llevaron a cabo los funerales de Esteban Torres Fernández. Dejó atrás a su esposa, Norma, y a sus cuatro hijos, Rubén, Elizabeth, Luz y la pequeña Fátima, quienes se enfrentarían a una vida que no se veía muy prometedora.

En medio de la desgarradora despedida de Esteban, la pequeña Luz se sumió en un abismo de tristeza. Su rostro, que solía irradiar esperanza y energía, se vio ensombrecido por la pérdida. Los días que siguieron al funeral se volvieron una amalgama de lágrimas y silencios cargados de melancolía. A pesar de su habitual fortaleza, Luz se encontraba abrumada por la pena, recordando cada momento compartido con su papá.

Norma, viuda y ahora cabeza de familia, se aferraba a la fortaleza de su hija Luz, quien se convertía en un pilar esencial para todos. La ausencia de Esteban dejó un vacío palpable en sus vidas; cada rincón de la casa resonaba con su memoria. A su corta edad y a pesar de su propio dolor, Luz se volcó en apoyar a su madre y sus hermanos, intentando desempeñar el papel que su padre Esteban solía ocupar.

La casa, alguna vez llena de risas y calor familiar, se transformó en un eco melancólico de lo que solía ser. Luz, con lágrimas apenas contenidas, continuó llevando la sopita de su papá a la mesa, pero ahora el silencio pesaba más que nunca. La sombra de la pérdida se cernía sobre ellos, pero en el recuerdo de Esteban encontraron la fuerza para seguir adelante. Aunque el camino pareciera incierto y oscuro, la formación y disciplina que les inculcó fueron su mayor regalo para afrontar los desafíos que les esperaban.

Epílogo
Nuevos desafíos

Norma decidió no volver a casarse y llevó su viudez hasta el final de sus días, dedicándose por completo a criar y cuidar de sus hijos. A lo largo del tiempo, recibió cartas de consuelo de Daniel Prieto, quien mostraba su apoyo y disposición para estar junto a ella si decidiera rehacer su vida. Al final, acordaron encontrarse en el comedor del hotel de turistas para poder conversar sobre la posibilidad de un futuro juntos.

En la reunión, a la que Norma acudió acompañada de su hija Luz, compartieron un lonche y tuvieron una larga conversación. Daniel le propuso establecer una nueva relación, considerando que ahora estaba sola al frente de su hogar. Sin embargo, Norma ya tenía claro lo que quería para su vida y tomó su decisión.

Después de la reunión, le envió una carta a Daniel expresando su agradecimiento por su preocupación y afecto, pero le dejó claro que no estaba interesada en rehacer su vida amorosa con él o con nadie más. Esa decisión descorazonó a Daniel, quien había tenido la esperanza de recuperar al amor de su vida.

Daniel respondió con una carta en la que manifestaba su sentir por lo que consideraba una ingratitud de parte de Norma. A pesar de ese último intento fallido, entendió que ella tenía sus propias razones y respetó su decisión. A partir de entonces, no volvieron a contactarse.

Rubén fue al colegio militar en Arequipa, mientras que Luz y Eli estudiaron en Moquegua, tal como lo deseaba su padre. Fátima pasó su niñez junto a su madre en Omate. Juani los apoyó hasta los quince años, pero después se escapó de casa y no tuvieron más noticias de él hasta que fue adulto.

Creer que el tiempo lo cura todo puede llevarnos a errores y caos en nuestras vidas. Si no ordenamos nuestro pasado, seremos propensos a tropezar con las mismas dificultades una y otra vez. Los recuerdos no deben atormentarnos, sino educarnos para entender qué eventos nos afectan de modo negativo y por qué. Mirar nuestros recuerdos de manera quejosa puede indicar que la información está incompleta. Es útil acudir a las memorias de nuestras generaciones pasadas para comprender mejor cómo influyen en nuestro subconsciente y nuestra supervivencia.

Es importante reinterpretar y trascender las experiencias pasadas sin caer en un optimismo ciego o en un pesimismo que nos paralice. Necesitamos reflexionar sobre nuestras creencias nacidas de aquellas experiencias y empezar a cuestionar qué es lo que creemos o en que creemos que creemos, para darle un nuevo sentido a nuestras vidas. A veces, es necesario dejar morir a ese yo pasado que nos hizo ver la vida de cierta manera, para permitir que surja un nuevo aprendizaje, y así promover un crecimiento allanando el camino de futuras generaciones.

Afrontar la realidad puede ser difícil, pero enfrentar aquello que nos mortificaba puede revelarse como nuestro salvavidas. Reconocer y exponer nuestra melancolía es un paso esencial para liberarnos de su carga y permitirnos avanzar con una mayor comprensión de nosotros mismos.

Este escrito refleja un proceso de autoexploración y reflexión profunda. Muestra la importancia de desentrañar nuestro pasado para encontrar la paz interior y el crecimiento personal. Una vez llevada a la luz, la melancolía puede abrir puertas hacia una comprensión más profunda y liberadora de nosotros mismos y nuestras experiencias de vida.

www.ingramcontent.com/pod-product-compliance
Lightning Source LLC
LaVergne TN
LVHW041156150826
845673LV00001B/186

* 9 7 8 6 1 2 5 1 6 0 2 9 4 *